"神话学文库"编委会

主　编
叶舒宪

编　委
（以姓氏笔画为序）

马昌仪	王孝廉	王明珂	王宪昭
户晓辉	邓　微	田兆元	冯晓立
吕　微	刘东风	齐　红	纪　盛
苏永前	李永平	李继凯	杨庆存
杨利慧	陈岗龙	陈建宪	顾　锋
徐新建	高有鹏	高莉芬	唐启翠
萧　兵	彭兆荣	朝戈金	谭　佳

"神话学文库"学术支持

上海交通大学文学人类学研究中心
上海交通大学神话学研究院
中国社会科学院比较文学研究中心
陕西师范大学人文社会科学高等研究院
上海市社会科学创新研究基地——中华创世神话研究

"十二五""十三五"国家重点图书出版规划项目
第五届、第八届中华优秀出版物奖获奖作品

神话学文库
叶舒宪 主编

叶舒宪 ◎ 著

神话意象

MYTHOLOGICAL IMAGERY

陕西师范大学出版总社

图书代号　SK23N1155

图书在版编目(CIP)数据

神话意象／叶舒宪著. — 西安：陕西师范大学出版总社有限公司，2023.10
(神话学文库／叶舒宪主编)
ISBN 978-7-5695-3661-4

Ⅰ.①神… Ⅱ.①叶… Ⅲ.①神话—文学研究—世界 Ⅳ.①I106.7

中国国家版本馆 CIP 数据核字(2023)第 110381 号

神话意象
SHENHUA YIXIANG

叶舒宪　著

出 版 人	刘东风
责任编辑	张旭升
责任校对	王文翠
出版发行	陕西师范大学出版总社
	(西安市长安南路199号　邮编　710062)
网　　址	http://www.snupg.com
印　　刷	中煤地西安地图制印有限公司
开　　本	720 mm×1020 mm　1/16
印　　张	12.5
插　　页	4
字　　数	182 千
版　　次	2023 年 10 月第 1 版
印　　次	2023 年 10 月第 1 次印刷
书　　号	ISBN 978-7-5695-3661-4
定　　价	78.00 元

读者购书、书店添货或发现印刷装订问题，影响阅读，请与营销部联系、调换。
电话：(029)85307864　85303635　传真：(029)85303879

"神话学文库"总序

叶舒宪

神话是文学和文化的源头，也是人类群体的梦。

神话学是研究神话的新兴边缘学科，近一个世纪以来，获得了长足发展，并与哲学、文学、美学、民俗学、文化人类学、宗教学、心理学、精神分析、文化创意产业等领域形成了密切的互动关系。当代思想家中精研神话学知识的学者，如詹姆斯·乔治·弗雷泽、爱德华·泰勒、西格蒙德·弗洛伊德、卡尔·古斯塔夫·荣格、恩斯特·卡西尔、克劳德·列维-斯特劳斯、罗兰·巴特、约瑟夫·坎贝尔等，都对20世纪以来的世界人文学术产生了巨大影响，其研究著述给现代读者带来了深刻的启迪。

进入21世纪，自然资源逐渐枯竭，环境危机日益加剧，人类生活和思想正面临前所未有的大转型。在全球知识精英寻求转变发展方式的探索中，对文化资本的认识和开发正在形成一种国际新潮流。作为文化资本的神话思维和神话题材，成为当今的学术研究和文化产业共同关注的热点。经过《指环王》《哈利·波特》《达·芬奇密码》《纳尼亚传奇》《阿凡达》等一系列新神话作品的"洗礼"，越来越多的当代作家、编剧和导演意识到神话原型的巨大文化号召力和影响力。我们从学术上给这一方兴未艾的创作潮流起名叫"新神话主义"，将其思想背景概括为全球"文化寻根运动"。目前，"新神话主义"和"文化寻根运动"已经成为当代生活中不可缺少的内容，影响到文学艺术、影视、动漫、网络游戏、主题公园、品牌策划、物语营销等各个方面。现代人终于重新发现：在前现代乃至原始时代所产生的神话，原来就是人类生存不可或缺的文化之根和精神本源，是人之所以为人的独特遗产。

可以预期的是，神话在未来社会中还将发挥日益明显的积极作用。大体上讲，在学术价值之外，神话有两大方面的社会作用：

一是让精神紧张、心灵困顿的现代人重新体验灵性的召唤和幻想飞扬的奇妙乐趣；二是为符号经济时代的到来提供深层的文化资本矿藏。

前一方面的作用，可由约瑟夫·坎贝尔一部书的名字精辟概括——"我们赖以生存的神话"（Myths to live by）；后一方面的作用，可以套用布迪厄的一个书名，称为"文化炼金术"。

在21世纪迎接神话复兴大潮，首先需要了解世界范围神话学的发展及优秀成果，参悟神话资源在新的知识经济浪潮中所起到的重要符号催化剂作用。在这方面，现行的教育体制和教学内容并没有提供及时的系统知识。本着建设和发展中国神话学的初衷，以及引进神话学著述，拓展中国神话研究视野和领域，传承学术精品，积累丰富的文化成果之目标，上海交通大学文学人类学研究中心、中国社会科学院比较文学研究中心、中国民间文艺家协会神话学专业委员会（简称"中国神话学会"）、中国比较文学学会，与陕西师范大学出版总社达成合作意向，共同编辑出版"神话学文库"。

本文库内容包括：译介国际著名神话学研究成果（包括修订再版者）；推出中国神话学研究的新成果。尤其注重具有跨学科视角的前沿性神话学探索，希望给过去一个世纪中大体局限在民间文学范畴的中国神话研究带来变革和拓展，鼓励将神话作为思想资源和文化的原型编码，促进研究格局的转变，即从寻找和界定"中国神话"，到重新认识和解读"神话中国"的学术范式转变。同时让文献记载之外的材料，如考古文物的图像叙事和民间活态神话传承等，发挥重要作用。

本文库的编辑出版得到编委会同人的鼎力协助，也得到上述机构的大力支持，谨在此鸣谢。

是为序。

自 序

"意象"是中国古代文论最重要的关键词之一,也是当代美学研究关注的要点;"神话"一词则是20世纪初在西学东渐的历程中进入中国学术话语的。我采用"神话意象"这个合成词作为本书的标题,旨在突出一个世纪以来神话研究乃至文化研究的一个新动向——从书写文本到图像文本、从文字叙事到图像叙事的重心转移。

说起"象"和"意象",应该是具有十足的中国文化特色的符号范畴。大略地说,我们汉民族使用了数千年的汉字是"象形字";古人所崇拜的天帝神明又叫"象帝"(《老子》:"吾不知谁之子,象帝之先。"河上公注:"道自在天帝之前。此言道乃先天地生也。"王弼注:"不亦似帝之先乎!帝,天帝也。")。我们祖先所创设的八卦,传说来自伏羲仰观俯察天地之象。群经之首的《周易》因象设教,凡言天日山泽之类自然物体皆为象,言初上九六之类为数。象数一体,传为数千年沿用至今的卜筮之学。夏商周三代君王们制造神圣的青铜礼器,都小心翼翼地遵循着"铸鼎象物"的象征传统。上古以来的官方旗帜,完全因循着来自史前图腾标记的"旗物"制度(《周礼春官·司常》:"赞司马颁旗物。"郑玄注:"自王以下治民者,旗画成物之象。")。就连汉代以后自喜马拉雅山南麓传来的佛教,也被我们称作"象教"(梁元帝《内典碑铭集林序》:"象教东流,化行南国。"),取其"刻木为佛,以形象教人"之义。这和西方宗教的不立偶像形成鲜明的对照。可以说,中国文化对象、意象和象征的特殊观照,给中国神话的研究提供了宝贵的视觉原型和形象资料。

根据符号学的原理,古代文化传承的物质媒介主要是两个大类:其一是以书写文字文本的方式传承下来的。从甲骨刻辞到古代图书的"经史子集"体系,就是这一传承的结果。其二,是以雕塑、绘图等造型艺术符号的方式传承下来的。我们的彩陶—瓷器文化、石器文化、玉文化、建筑、工艺品、美术史和民间礼仪、民俗表演文化所留下的一切实物造型和图像资料,都可看作非文字系统的文化符号。[1]

然而,国学的学术研究传统基本是偏重在传世文献基础上的,可以视为文字文本的一统天下。虽然也有所谓金石学、名物学,但是和绝大部分知识人对书写文献的无比推崇相比,这些边缘性的材料远没有得到应有的重视,其所蕴含的人文研究方法论价值和潜在的"探索—发现"之意义,也从来没有获得系统的和普遍的认识。20世纪后期以来,现代文化人类学以及新史学对物质文化(material culture)与图像叙事(icon narrative)的研究,特别是后现代主义对文字——文本——权力的批判和方法论上的"图像转向"的强调,配合大众文化方面"图像时代"的理论建构,已经在文化研究中拓展出巨大的发展空间。20世纪20年代诞生的中国考古学在过去80年里贡献出前无古人的大批新出土材料。而海内外的人文学者已经开始寻找和利用传世的与新出土的实物材料与图像材料,探索一种"知识考古"的研究思路,在重写文化史方面提出富有新创意的研究实例,如张光直《美术、神话与祭祀》(辽宁教育出版社,1988年)、拙著《千面女神——性别神话的象征史》(上海社会科学院出版社,2004年)、巫鸿《礼仪中的美术:巫鸿中国古代美术史文编》(生活·读书·新知三联书店,2005年)等。

希望本书也能够在这种打破学科界限的神话研究方面有所收获,彰显图像叙事相对于文本叙事的超越性和丰富性,以及二者之间的张力。

是为序。

---

[1] 参看俞建章、叶舒宪:《符号:语言与艺术》,上海人民出版社1988年版。

目 录

第一章 狼图腾,还是熊图腾?
——关于中华祖先图腾的辨析

 一、图腾由来 …………………………… 001
 二、狼来了 ……………………………… 002
 三、狼图腾,还是熊图腾? ……………… 004
 四、熊图腾与史前女神的对应 …………… 005
 五、熊龙说与欧亚大陆的熊祖神话 ……… 011

第二章 "猪龙"与"熊龙"
——"中国维纳斯"与龙之原型的艺术人类学通观

 一、引论:红山文化女神宗教的再发现 …… 013
 二、龙的原型新解:猪、熊、鹿、虫 ……… 015
 三、猪、熊与史前女神的关联 …………… 021
 四、熊女神与鸟女神:史前雕像的艺术人类学观照 …… 025
 五、熊女神与北方萨满教传统 …………… 030

第三章　神圣猫头鹰
　　——《诗经·鸱鸮》的误读与知识考古

一、"经典"的神圣信仰背景与世俗化 ·················· 035
二、《鸱鸮》篇的误读 ·················· 037
三、鸱鸮的自然属性与文化价值 ·················· 041
四、鸮神的妖魔化：从神圣女神到不孝恶鸟 ·················· 043
五、经典还原：祝祷仪式上的人神对话 ·················· 048

第四章　身体的神话与神话的身体

一、想象与创作的生理根源 ·················· 058
二、身体的神话：洪水与膀胱 ·················· 060
三、神话的身体：宇宙与性器 ·················· 063
四、现代性风险中的身体神话 ·················· 066

第五章　神话如何重述？

一、重述神话的理由 ·················· 069
二、作为文化记忆的神话 ·················· 072

第六章　神话复兴与《哈利·波特》旋风

一、凯尔特文化与巫术传统 ·················· 077
二、《哈里·波特》与魔幻想象的复兴 ·················· 079

第七章　谁破译了"达·芬奇密码"？
　　——新时代人的异教想象及其原型

一、新时代运动与异教想象力 ·················· 084
二、郇山隐修会：女神传统的复兴 ·················· 088
三、《达·芬奇密码》：文学版的《耶稣与女神》 ·················· 092

四、哈佛课堂上的神话符号学传授 ……………………… 094
　　五、治疗男性文明癌症：女神复兴何为 …………………… 099

第八章　猫头鹰重新降临
　　——现代巫术的文化阐释
　　一、巫术旋风反叛现代性 …………………………………… 103
　　二、巫术复兴与新萨满主义 ………………………………… 109
　　三、巫术复兴与后殖民主义 ………………………………… 113

第九章　神话智慧与文明反思
　　——文化寻根的哲学话语谱系
　　一、俄狄浦斯的双眼 ………………………………………… 120
　　二、高更的反文明选择 ……………………………………… 125
　　三、"根"与"跟"的神话哲理 ……………………………… 127
　　四、文化寻根的话语谱系 …………………………………… 129

第十章　神话的生态智慧
　　一、诗性智慧说的现代理解 ………………………………… 139
　　二、神话的生态智慧 ………………………………………… 140
　　三、神话的循环生命观 ……………………………………… 145

第十一章　傩、萨满、瑜伽
　　——神话复兴视野上的通观
　　一、同源异流的傩、萨满、瑜伽——神话思维及其史前时代 … 149
　　二、东方文化复兴背景中的傩、萨满、瑜伽 ……………… 152
　　三、作为文化资本的傩、萨满、瑜伽及其符号学再造 …… 154

附录一　评《文学与仪式》 ……………………………………… 158

附录二　托特神的原罪 ·· 165
　　——读《尼古拉的遗嘱》
附录三　汉画像"蹶张"的象征意义试解 ························· 171

参考文献 ··· 177

第一章　狼图腾，还是熊图腾？
——关于中华祖先图腾的辨析

2004年以来中国第一畅销小说《狼图腾》及其跟风作品，引发中华祖先图腾寻根的重大文化认同问题。作者根据近年来中国北方新石器时代考古学新发现，拨开"狼图腾"说的迷雾，提出反思与批判，并且以实物和图像资料为证据，提出"熊图腾"及其神话，对中华文化祖先图腾的形象化进行再论证。

一、图腾由来

某种动物在民族或国家的意识形态中扮演重要的角色媒介，由于被认同为自己的祖先而受到集体的崇拜，成为某种精神凝聚力的形象标的，这样的情况自古有之。中国的龙、凤，古印度的神牛和神猴，古埃及的甲虫和鹰蛇，古罗马的母狼，等等，均是如此。19世纪后期兴起的文化人类学，在美洲印第安人的氏族崇拜中发现大量的动物祖先观念的表现。由于这种动物祖先在当地语言中叫作"图腾"（Totem），于是该词的发音被移植到西方语言中来，引发热闹一时的图腾理论浪潮，对于早期的人类学研究和原始宗教研究产生了很大的推动力。直到今日，关于宗教起源的各种理论假说中,图腾说依然有不少支持者。在学术界以外,作家、艺术家受图腾说的影响,在形象构思中纳入人类学的知识背景,出现了"原型"表现的新传统;相应的,在文学批评界引出专门的一派,被称作原型批评、神话批评或图腾批评。

图腾说在20世纪初进入中国学界,激发出一波不大也不小的研究热潮。李玄伯《古史新探》以图腾观念来重新诠释古史传说,岑家梧《图腾艺术史》从图腾崇拜观照艺术发展历程,在当时都是令人耳目一新的著作。1980年代,随着神话学的复兴热潮,文学和美学界的图腾批评引入中国,也迎来了积极的回应。不过国内学界习惯上把图腾批评称为原型批评,至今仍然有借鉴这种批评方法撰写的著作和论文不断问世。至于专门就图腾问题展开本土化论述的著述,郑元者的《图腾美学与现代人类》,何星亮的《中国图腾文化》,都可谓一时之选。令人遗憾的是,这次中国学界对图腾论的热情不久又沉寂下去,因为缺乏理论方面的建树,终究难以为继。

二、狼来了

就在中国的图腾批评在学术道路上艰苦跋涉之际,流行歌手齐秦以一首《狼》,唱红了大江南北。这可以说是第一次"狼来了"。那个时代的人对于这首歌都不会陌生。人可以是狼,这样的唱词背后潜伏的远古信仰的迹象,只是被当作艺术语言的比喻修辞,远没有上升到图腾的高度来认识。尽管如此,"北方狼"还是出现在流行话语中。人狼之间隔膜与敌对的坚冰终于被打破,多少勾起人们对自然环境中日渐稀少的狼的记忆。

当代创作中的狼主题再现,要数贾平凹的小说《怀念狼》。虽然出自文坛大名家,却也没有怎么火爆,不过充当了"引子",预示着"怀念"从个人蔓延到集体:"狼来了"。2004—2005年的国内图书市场,最响亮的书名是《狼图腾》。首印是5万册,随

《狼图腾》书影

后不断重印。如果算上大街小巷各个地摊上层出不穷的盗版和改版书,根本无法说清这部小说总共发行了几百万册。各出版商们争先恐后跟风推出的《狼道》《狼性经营法则》一类新书铺天盖地,也昭示着狗年的新动向。据《中华读书报》消息,因《狼图腾》引发的关于"狼族精神"的争论在社会各界展开,该书持续高居各大图书榜单前茅,很多教师、家长都希望学生、子女能一读此书。为消除书中因探讨价值观、民族文明方面的深奥问题所造成的阅读障碍,让更多的小读者领略"狼道"精神,出版方与作者又专门为儿童特别打造了《狼图腾》的少儿版《小狼小狼》。

  小说原本是想象的故事,《狼图腾》却自觉承担起了重要的学术论说功能。作者姜戎先生给自己取的这个笔名本身就有一定的颠覆性,不留心的大多数读者都会忽略这个名称的文化政治内涵。如同前些年一位苗族将军写的书《我的祖先是蚩尤》,对照起来看,其以边缘化的立场挑战华夏文明中根深蒂固的中原中心观,用意还是明确的。小说的出版策划人安波舜在"编者荐言"中不惜拿出耸人听闻的一个标题——"我们是龙的传人还是狼的传人?"显然这部小说已经把文学写作变成了文化史的专题考据。

  《狼图腾》考察的结论很明确:中华龙图腾是从草原狼图腾演变而来的。在狼图腾和龙图腾之间,还有一个饕餮图腾的阶段。[①] 听起来好像不无道理,但是没有深入调查研究的一般读者显然是无法判断其虚实的。我们的祖先时代是否普遍崇拜狼呢?

  小说结尾的最后几行字,充满了今非昔比的感伤:"狼群已成为历史,草原已成为回忆,游牧文明彻底终结。"这样的悼词性修辞,很容易让读者联想起《最后的莫西干人》或《最后一个匈奴》之类的名目,不由得会产生对生态环境的反思。再看看书后附加的洋洋数万言的"讲座与对话",不难体会到作者为中华文明重新寻找文化认同的一片苦心。跟随作者的思路,不少人认可了书中的观点:龙所代表的封建精神,压抑了民族的生命,只有恢复狼的精神,民族的腾飞才有保证。

[①] 姜戎:《狼图腾》,长江文艺出版社2004年版,第406页。

这种集体性认同或许就是一大批弘扬"狼性"或者"狼道"的跟风出版物能有市场的重要原因。很可惜的是,学界对《狼图腾》的态度似乎以保持沉默为主。一部小说的超级大流行,演化为一种文化现象。随着小说英文版权的出售,电影改编权卖出 100 万元的高价,加上寻求好莱坞大牌导演的宣传,一场重新认识中华图腾的传媒风暴正在到来。这就不能不引起学界、知识界和教育界的关注:从学术上认真对待狼图腾说,以避免由小说虚构而导致的认识上的误导。

中华文化的图腾祖先真的是狼吗?

三、狼图腾,还是熊图腾?

如果要找出中国多民族文化融合过程之中较为普遍的一种崇拜物,龙,无疑是首屈一指的。但是正如众所周知的那样,龙并非现实中实际存在的动物。作为远古神话想象的虚构生物,龙自然有其神幻意象的来源和基础。最近我国北方的考古学发现不断表明,龙确实来源于现实中的动物。这些动物原型包括猪、鹿和熊。其中熊作为崇拜偶像出现在 5500 年前辽宁建平牛河梁女神庙之中,尤其引人注目。而且,与神话传说中的华夏民族共祖黄帝直接有关联的,看来也是熊。

再参照北方萨满教传承中有关熊的仪式、信仰和观念,可以说熊图腾存在的依据,显然要比狼图腾充分得多,也悠久得多。

《狼图腾》一书中引用了不少史书和学术著述,来证明狼如何受到崇拜。但是那些说法都是有文字记载以来的东西,其年代不会比文字的使用更早。要想证明龙图腾源于狼图腾,就必须探索史前文化的情况,诉诸非文字的实物资料:或者来自考古发现,或者来自传世的收藏品,等等。蒙古草原上的史前文化,以赤峰为代表的红山诸文化最为突出,那是 8000 至 4000 年

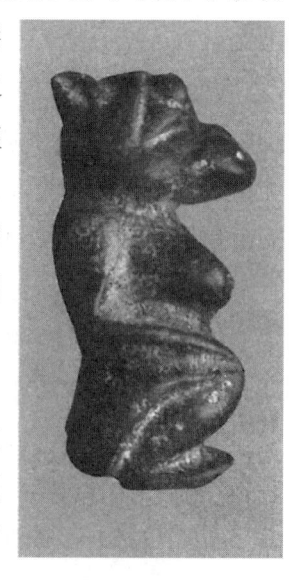

红山玉雕熊母

前,由兴隆洼文化延续至夏家店文化,持续4000年之久的玉器文化。如今要考察北方草原生态下史前人类的图腾究竟为何,则非从红山文化的玉器入手不可。从现有的红山玉器造型看,可以说狼的形象是罕见的。至少目前已经正式出版的红山文化书籍中,几乎就没有什么著录。而玉雕的熊形象则较为普遍。姜戎把内蒙古三星他拉的玉龙解说为狼首龙,缺乏确实的根据。

2006年4月,笔者和北京大学东方学院的陈岗龙教授(蒙古族)、赤峰学院副院长德力格尔教授、赤峰学院红山文化国际研究中心副主任徐子锋教授等一同考察了内蒙古东部和辽宁西部的红山文化区域,在各地的考古现场和旗县博物馆及文物部门搜集相关的考古文物资料,经初步分析显示:熊作为中华北方史前图腾的一条主线,已经较为清晰地呈现出来。

红山玉雕熊背蝉

四、熊图腾与史前女神的对应

从整个欧亚美大陆看,考古学家在石器时代造型艺术中发现的众多动物形象中,熊具有特殊的地位。熊和蛙、鸮等动物都是作为复活女神的化身而出现的,并不只是代表该种动物本身。换言之,史前人所崇拜的动物神往往不是单纯的自然崇拜。以熊而言,其在史前信仰之中的基本神格便是再生、复活之神。进入文明历史后,熊女神的各种遗留形态依然清晰可见,如古希腊阿尔忒弥斯女神节上,一位女祭司身穿黄袍,将阿尔忒弥斯女神扮演为一只熊。在中国的民间舞傩仪式上也有类似情况:披上熊皮而舞蹈的师公俨然以下凡的熊神自居。

从进化的历程看,熊是数百万年以来猿人狩猎活动的重要对象之一。人对熊的认识和熟悉可以说是非常久远的。大约500 000年前,人类就大量捕食过熊、野猪等物种。将熊当作宗教崇拜的对象,也是迄今我们所能够看到的人类最初的宗教活动的证据。生活在 130 000 年至 30 000 年前的尼安德特人的洞穴中,考古学家发现在石头摆成的圆圈形祭坛中央,安放着熊的头骨。这一景象给宗教史的起源研究带来极大的刺激。

北方地区的熊所特有的季节性活动规则,尤其是冬眠的习性,更加容易给初民造成一种能够死而复活的印象,于是熊就在史前信仰之中成为代表生死相互转化观的一个神奇标本,成为被崇拜的神秘和神圣的对象,这也就使它充当了图腾观念首选的物种之一。

赫哲族鱼皮熊图腾

从世界范围看,熊图腾的分布非常广泛,其传承渊源较为古老而且分布地域相对集中的是在整个欧亚大陆的北方地区,以及北美地区。熊图腾的流传对于处在这一广大地区内的不同民族国家的文化产生了深远的影响,如美洲印第安人和日本阿伊努人的熊祭仪式,韩国的和我国鄂伦春人、赫哲人、蒙古人的熊祖先神话。中国史前的红山文化玉器出现"熊龙"这样的神话生物,并非偶然。

当代日本神话学家大林太良则认为，熊祭仪式是阿伊努文化中的重要活动。而举行此类仪式的民族，不只是阿伊努人，从北欧到西伯利亚，东边到北美洲的北部，有着广阔的地域分布。大林太良还把熊祭划分为两种类型：一类是像阿伊努人那样的真正的祭熊仪式，他们在山上捕到熊仔以后养起来，然后举行仪式将其杀死。采用这一形式的只有阿伊努、吉利亚克及其附近的两三个民族。其他的民族都是在山上捕熊时把熊杀死。后一形式被认为是更古老的形式。

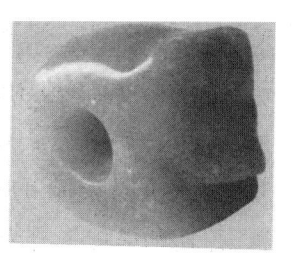

红山玉熊龙

8000年前欧洲温加文化母子熊

温加文化陶熊爪

祭熊仪式在形式上虽然有所不同，但是在这广阔的地域上，仪式的细节和人们的观念却有着惊人的一致。阿伊努人认为，熊以人的形象在另一世界生活，而以熊的形象来到人世间游玩。所以，通过人杀死熊这一神圣的行为，从熊的肉体中把其灵魂解放出来，使其在熊国中得以复生。熊的肉和毛皮是它赠给人类的礼品，也是报答人类杀死它的谢礼。[①] 另一位日本学者天野哲也，从人与熊的生态依存关系上对熊祭做出更为专门的研

---

① 大林太良：《神话学入门》，林相泰、贾福水译，中国民间文艺出版社1989年版，第92页。

究,提出猎熊是阿伊努人经济生活的重要方面,有人对熊皮和熊胆等珍贵物品的需求作为其深层动因,并非简单的宗教或者习俗问题。根据《东游记》《虾夷纪事》等古籍记载,关于北海道的物产,最著名者莫过于熊胆和熊皮。熊胆中含有的胆汁酸具有抑止痉挛的效果,自古就是重要的药材资源,并且和熊皮一样有很好的交换价值。包括饲养熊仔的习俗在内,实际都有取熊胆一类的经济利益的驱动。① 对宗教与习俗背后的利益的认识,有助于理解人熊依存的特定生态适应模式,给原始崇拜心理的发生找到现实的诱因。

在日本海以西的韩国和中国,熊图腾在诸多北方民族文化中的表现形式一般与生育的女始祖神话或者被祭拜之动物偶像相关。韩国开国始祖檀君神话有类似鄂伦春人熊祖先的观念。据《三国史记》说,檀君是天神之子桓雄和一位熊女所生。在日本和韩国的一些地方,都有以熊命名的地名。这也是远古图腾时代遗留下来的语言化石。近有学者提出,韩国民族起源与中国南方少数民族有关联,而其熊祖观念也应向南方文化中去"寻根"。苑利便是此观点的主要倡导者,他认为:"关于韩半岛熊图腾崇拜的起源大部分学者认为应受北亚诸民族对熊图腾崇拜的古老传统的影响,但从熊虎图腾崇拜这一点看,韩文化的主体部分来源于中国南方之说是成立的,它可能与彝语支民族文化同源,而它们的共同祖先则可上溯到上古的黄帝族,这可能是韩文化中土著文化部分真正的根。"② 笔者以为,从语言这个较确凿的文化证据看,韩民族还是与北方阿尔泰语系文化的关系更加直接一些,尤其是北方狩猎民族的萨满教文化。

近20年以来的史前考古发现表明,中国境内的北方新石器时代文化将人工制成的熊形象作为神来供奉,已经形成了相当悠久的传统。当时人制作熊神偶像的材料多种多样,有石头的、玉的、蚌壳的、泥塑的,等等。更加值得注意的一点是,自8000年前的兴隆洼文化,到5500年前的红山文化,再到4000多年前的小河沿文化,熊神偶像似乎都是作为人形的女神形

---

① 天野哲也:《熊祭的起源》,东京雄山阁2003年版,第15页。
② 苑利:《韩民族熊圈腾文化来源考》,载《乌鲁木齐职业大学学报》2003年第3期。

象的象征对应出现的。下面举出这三种文化遗存的偶像作为例证。

例证一：内蒙古林西县博物馆藏石雕卧兽。距今约7800年，属于新石器时代兴隆洼文化，长26厘米，高12厘米，宽16.8厘米。红色凝灰岩，质略粗松，外表有一层灰白色土沁。从表面观察，给人的印象似猪又似熊，和红山诸文化所见的同类哺乳动物造型一样，一时难以确定究竟是猪还是熊。[①] 稍仔细地考察分析，可以看出其更近似熊的特征，有三点证明：

其一，该兽在表现上不突出刻画其四肢，而在背部特意刻画出分明的脊骨节，使人想到北方猎熊民族保留熊骨植的风葬方式。如我国鄂温克人讲述熊风葬仪式来历的神话就对这一重视熊骨的现象做出过特有的解释。该神话说，熊对上天提出要求："人吃我是可以的，但不能乱扔我的骨头。"上天同意了，所以鄂温克人对熊实行风葬。[②] 这种视骨头为再生之本的观念，是史前人类由来已久的生命观之体现，一直可以上溯到旧石器时代。

其二，石兽身体下方隐约刻画的是爪，而非蹄。如收录该石兽图片的《红山玉器》一书的说明，"兽腹底部隐约可见卧爪"。[③] 我们知道猪或者野猪都是只有蹄子而没有爪子的，所以这个细部特征也暗示着兽体下熊爪的存在。

其三，兽头上耳部造型，明显呈现为熊的小耳，不是猪的大耳。

林西石熊

例证二：赤峰博物馆藏蚌雕熊神像。距今4870年，出土于赤峰市翁牛特旗解放营子镇的蛤蟆山，属于新石器时代晚期的小河沿文化，是该地区

---

① 于建设：《红山玉器》，远方出版社2004年版，第112页上方图片。
② 黄任远：《通古斯－满语族神话研究》，黑龙江人民出版社2000年版，第61页。
③ 于建设：《红山玉器》，远方出版社2004年版，第112页。

紧接在红山文化之后的原始遗存。这个造型外观明确,没有争议,因此被命名为"熊形蚌饰"(bear shaped shell ornament)。雕刻这一熊偶所使用的材料是利于长久保存不易腐朽的蚌壳。与它同时被发现的还有一个蚌雕人形偶像。这就再度呈现出熊神与人形女神像对应存在的关联模式。

例证三:1980年代具有轰动性的红山文化祭祀遗址——辽宁建平县牛河梁女神庙的发现。属于新石器时代中期,距今约5500年。庙中除了出土泥塑的女神像之外,还同时发现了真熊的下颚骨,以及泥塑的熊头下部残件。这次考古发现充分表明:熊是作为史前神庙之中的尊神而受到红山先民的特殊礼遇的!而且还再度有力地证明了女神崇拜与熊神崇拜的统一性、对应性。

综合以上分析,可达成如下认识:在赤峰地区方圆两百多平方公里地区的新石器时代文化中,先后三次发现人工塑造的熊神偶像,而且几乎每次都是熊的形象与女神形象对应出现。这就明确提示出中国北方史前女神宗教与北美、西伯利亚、日本北海道和韩国的动物图腾——熊神崇拜之间的文化关联。这种联系与欧亚大陆西端的石器时代熊女神崇拜形成跨文化的呼应对照,值得考古学、宗教学和民俗、神话学者给予关注。

熊女神偶像崇拜在人形与熊形之间的对应,在内蒙古赤峰地区形成了长达数千年的深厚传统。而内蒙古南部地区又与河北、陕西、山西北部地区相互联系着,那正是传说中曾经发生中华始祖神黄帝与炎帝大战的地区(距离

赤峰蚌雕熊

林西县出土兴隆洼文化石雕女神

内蒙古东南部不远的河北北部有涿鹿县,该地名即是对那场史前大战的纪念)。从伏羲和黄帝等远古祖先的名号中都有"熊"字的现象来推测,中华成文历史是对已经延续了数千年之久的女神传统与熊图腾传统的延续,那些圣王、先祖们名号中的"熊"符号只是对那遥远的逝去的远古时代的依稀追忆而已。借助于20世纪后期主要的考古学发现材料,我们可以站在新的高度重新审视汉字书写文明开始以后有关熊图腾、熊崇拜、熊占卜、熊禁忌的种种现象,寻回那失落已久的古文化层。

五、熊龙说与欧亚大陆的熊祖神话

欧亚大陆的熊祖神话故事的核心是确认本族人的祖先与熊这种动物有着血缘上的直接联系。作为族群认同与文化认同的证书,熊祖先神话不只是讲来欣赏的文学故事,它更发挥着实际的社会建构与整合功能。檀君神话与朝鲜人的文化认同,黄帝神话与华夏的认同,背后潜伏着的是同一种熊神祖信仰。

春秋白玉雕熊龙对佩(王文浩收藏)

华夏第一图腾动物——龙,从发生学意义看,与熊有直接关系。红山文化女神庙的发现给龙的起源研究带来新局面。解读女神庙出土的熊与泥塑的蕴含,提出从熊女神崇拜到熊龙的发生线索,可揭示出在后代父权制的中原文明中失落的女神神话传统。猪龙、熊龙和鹿龙等新的假说,就是建立在出土的玉雕像实物基础上的。这意味着过去局限在文字训诂和文本窠臼之中的龙起源问题，由于考古学视角的出现而改观。牛河梁女神庙下方的积石冢就出土了一对玉龙，起初被当作"猪龙"，后来孙守道、郭大顺等考古学者改变看法，又提出"熊龙"说（详细的探讨见下章）。① 与出土的玉雕双熊龙相对应，牛河梁第十六地点积石冢还出土有双熊首三孔玉器。按照考古学家金芭塔斯的说法，双头或者成双的动物是母神再生产功能的象征。这样就使墓冢中作为葬器的玉熊与庙宇中作为神偶的泥塑熊相互照应

红山文化出土玉雕双熊首三孔器（现存辽宁省博物馆）

起来，成为母神职能的不同体现。女神庙中的女神头像已被考古学家指认为"红山人的女祖，也就是中华民族的共祖"（苏秉琦语）。结合至今在北方广泛流传的熊祖先图腾神话，以及上古时期楚国君王姓熊的事实，熊龙的玉雕形象背后的意蕴是，我们这个"龙的传人"国度之中当有重要的一部分原为"熊的传人"。

新近问世的数种红山文化玉器收藏的图册中，都不约而同地著录了熊的玉雕形象，这就较有力地提示着一种在后代中原文明中失落了的北方文化传统，其核心是以熊为尊神乃至主神的史前信仰。对此，拟在下面的章节里结合有关龙起源的研究给予进一步的探讨。

---

① 郭大顺：《龙出辽河源》，百花文艺出版社2001年版，第61页。

第二章 "猪龙"与"熊龙"
——"中国维纳斯"与龙之原型的艺术人类学通观

中国新石器时代红山文化女神庙的发现给龙的起源研究带来崭新局面。本章从艺术人类学和比较图像学的角度重新审视猪、熊、鹿、虫四种原型假说,参照国际考古学界对"女神文明"的再发现,解读女神庙出土的熊与鹰泥塑的神圣蕴含,提出从熊女神崇拜到熊龙雕像的发生线索,从而揭示出在后代父权制的中原文明中失落的女神神话传统,及其在北方萨满文化中的遗存。此外,通过对"中国维纳斯"与神龙原型的关系考释,体现出艺术人类学通观视野的方法论意义。

一、引论:红山文化女神宗教的再发现

20世纪80年代,牛河梁与东山嘴,这两个本来默默无闻的辽西山区地名,在一般的分省地图上根本无法找到,却因为挖掘出了5000多年前的女神庙和女神像,成了举世瞩目的地方。考古学家把牛河梁与东山嘴遗址归属为新石器时代的红山文化,学界和媒体则将那里出土的女神像誉为"中国维纳斯"或"东方维纳斯",以便同西方石器时代以来的"史前维纳斯"女神塑像传统相提并论,为刷新中国艺术史和宗教史而找到足以开辟全新精彩篇章的早期内容。

牛河梁积石冢

　　从牛河梁遗址的多室结构的神庙、祭坛、积石冢群及大量陪葬玉器的情况看，当时的红山文化已经形成了相对完整的原始国家级别的祭祀礼仪体系与象征体系。由于其积石冢出土的玉雕龙形象与国人熟悉的后代之龙截然有别，联系到稍早在牛河梁以西不远的赤峰翁牛特旗农民家中征集到的玉雕C字龙，遂引发了有关龙起源的热烈讨论。由此，学者们对红山文化作为文明起源的意义已有充分的认识，诸如"红山古国""玉器时代"或"玉兵时代""中华文明之源""中华第一龙""龙出辽河源"之类的说法，也已经屡见不鲜。但是针对女神庙、坛、冢体系所呈现的远古女神宗教的具体理解和解释还存在很大的空缺。发掘20多年来，有些疑点难点问题基本上处在止步不前的状态，依然停留在当年考古学界的一些推测性的假说之上，如社神说、地母神说、祖先崇拜说、中华民族的共祖说等等。尤其在红山文化女神宗教的性质认定及其同欧亚大陆史前女神宗教的同步对应关系上，缺乏整体性的探讨。

　　作为红山文化标志物的玉雕龙，与女神宗教信仰之间究竟存在怎样的关联？积石冢中的玉龙承载着怎样的神话学和符号学功能？对单一墓穴里的一位死者，玉雕龙为什么要成双成对地使用？女神庙中发现的泥塑的熊与鹰两种动物残体，同女神像本身是什么关系？东山嘴祭坛出土的两种玉器造型——双龙首玉璜与绿松石鸮形饰，二者同牛河梁女神庙、冢中

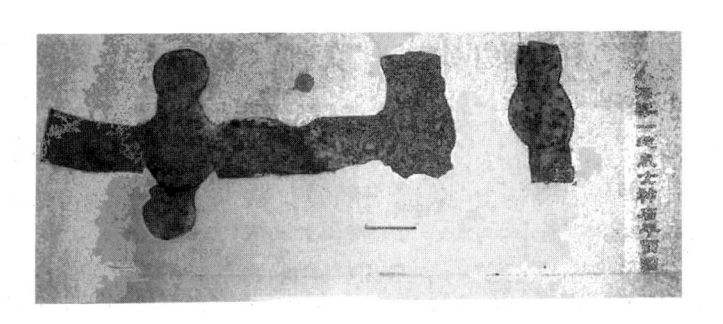

牛河梁女神庙平面图

的泥塑和玉器有无关象征关联？如果有关联，又是什么样的关联呢？这些都是关于红山文化女神宗教的悬而未决的疑问，尚未从"所以然"层面上得到有效的深入认识。

本章从艺术人类学角度，引入国际考古学的女神宗教研究视野，综合国内近年来新出现的材料，对中国的龙起源新说给予总体的比较观照和重新评估，并且对红山文化各种组合龙造型的象征蕴含及其同女神崇拜的关系给予系统阐释。除了考证和阐发龙起源的原型之外，还希望藉此个案研究，从人文学方法论高度检视艺术人类学所能够提供的新视野和新证据——我分别称为三重证据（本土的或跨文化的民俗与民间文学）和四重证据（考古实物与图像），强调其对于打破单一封闭的国学视野所具有的知识创新意义。

二、龙的原型新解：猪、熊、鹿、虫

龙是中华传统文化中最重要和最突出的一种神话动物。

从闻一多的《伏羲考》和《龙凤》起，龙的起源研究成为20世纪我国文史领域的显学，中外学者发表的相关著述已经汗牛充栋。如今入门的研究者要有经年的功夫才能够权衡消化前人留下的各种原型异说，如蛇、鱼、马、蜥蜴、鳄鱼、彩虹、云气等。不过，今日学者较为有利的条件是，考古发掘和文物收藏热所提供的丰富的全新材料，使今人在视野上足以大大超越古人。特别是20世纪80年代以来在长城之外的辽河流域所发现的红山文化的艺术品，给龙的原型研究打开了前所未有的新局面。猪龙、熊龙和鹿龙等新的假说,就是建立在红山文化出土的史前玉雕像的实物基础之上的。这个事实意味着:过去局限在文字训诂和纯文本研究窠臼之中的龙起源问题,由于考古学和艺术人类学视角的出现而获得根本的改观。史前的艺术造型所提供的实物形象,从证明的效果来看,其实要比无数的语言雄辩都更有说服力。

据考古学界的意见,红山文化的玉雕龙大致分为两种类型:C 字龙和玦形龙。如果结合历史学者和古玉器研究者的意见,则还应该加上另外两种类型:弧形龙(虫身龙)和鹿龙。兹分述如下:

类型 I:俗称"C 字龙"。龙体弯曲成 C 字形状,头似猪,梭子形眼,有长长的鬃飘在颈后,故被多数人认为是猪头龙身,简称猪龙。也有少数人认为是鹿头龙身。不过,美中不足的是,迄今为止,这一类型的玉雕龙还没有一件是直接出自考古发掘的,而全都是从民间收集来的。其中最先被媒体誉为"中华第一龙"的一件,于 20 世纪 70 年代收集自内蒙古赤峰市翁牛特旗三星他拉村一村民的家中。因为其造型生动而张扬,如今已闻名四海。① 内蒙古自治区的赤峰市,还有华夏银行,都分别采用这个猪龙的造形作为其形象标志。C 字龙的仿制品造型在当今的古玩市场上如雨后春

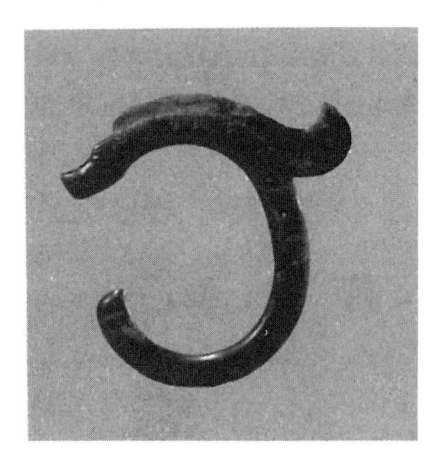

"中华第一龙":红山文化玉雕 C 字龙　　牛河梁出土红山文化玉熊龙

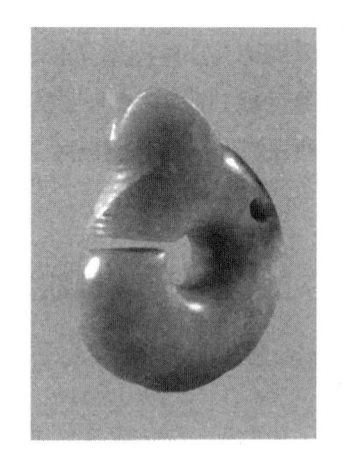

---

① 辽宁省文物考古研究所:《牛河梁红山文化遗址与玉器精粹》,文物出版社 1997 年版,第 52 页,图版 4。

笋,长城内外和大江南北处处可见。红山文化的名声也随之而远播民间。

与文物市场上的C字龙大繁荣相比,学术研究方面呈现的却是相对的冷落和滞后。无论从宗教学、神话学角度,还是从雕塑艺术和美术史角度的研究与阐发都很欠缺。就连一些相关的基本问题也还没有得到必要的澄清。比如,C字龙既然不像类型Ⅱ那样直接以当时人的使用方式出土于红山文化墓葬的积石冢中,那么它最初的使用场合是怎样的?是否也适宜用作葬具?还是神圣崇拜的一种偶像呢?如果是红山文化时期普遍崇拜的对象,为什么牛河梁的神庙遗址和东山嘴的祭坛遗址都不见它的踪影呢?假如红山古国的原始国家级祭祀礼仪场合都不需要这样的C字龙,那么是否应该把它归入专门为死者使用的"明器"范围,如同类型Ⅱ一样呢?如果是,那么C字龙在使用中是单独出现的呢,还是和类型Ⅱ一样成双成对地出现呢?从造型细部特征看,C字龙的C形符号代表着什么样的意蕴?5000年前的红山先民想象中的龙为什么是猪头或鹿头?这种超自然、超现实的神话组合意象的符号学意义何在?

类型Ⅱ:玦形龙,辽宁建平县牛河梁新石器时代遗址的第二地点一号积石冢第4号墓中出土两件,其余十余件多为收集品。出土时的照片显示这两个玉雕龙被放置在死者胸前,龙头向下,一左一右,呈相互背对状。[①]玦形龙在墓穴中的此种特有的摆放方式非常耐人寻味,至少也直观地呈现了玉龙雕像作为原始艺术品的非审美用途。从功能上看,它肯定不是用作美化墓葬的装饰性的符号,而是承载着特定的史前神话—宗教的神圣观念的"有意味的形式"。中国人在后代的神龙造型那里最常见的"二龙"对应模式(所谓"二龙戏珠"),显然可以在这5000多年前的红山文化墓葬中找到原型。至于《山海经》等古籍中常见的某某神"乘两龙""珥两蛇(龙)""操两蛇"等成双成对现象,也终于有了实际的史前造型实物。无独有偶的是,牛河梁第五地点一号冢中心大墓随葬的玉龟,也是成双出现的,在墓

[①] 辽宁省文物考古研究所:《牛河梁红山文化遗址与玉器精粹》,文物出版社1997年版,第76页,图版52。又见朝阳市文化局、辽宁省文物考古研究所:《牛河梁遗址》,学苑出版社2004年版,第34页,图版35、36。

主人左右手中各握一只。① 此前辽宁阜新胡头沟红山文化墓葬也有双龟随葬。二玉龟一大一小,似有雌雄之对应。那么二龙对应的情况是否也有阴阳之别呢?

这一类型的玉雕龙从发掘出土时就一直被当作"猪龙",后来孙守道、郭大顺等参加发掘的考古学者改变看法,又提出"熊龙"说。其观点改变的理由如下:最初将这类龙鉴定为红山文化时,也曾从猪首形象产生联想,并与类型Ⅰ以环体的变化排列为前后演化序列。但从这类龙的头形、吻部、眼睛形状,特别是有耳无鬣等主要特征看,它同类型Ⅰ似为两个序列。类型Ⅱ除吻部有多道皱纹外,都非猪的特征,其短立耳、圆睛却与熊的一些特征相似。这与女神庙中泥塑熊首龙的特征正相吻合。牛河梁积石冢中还多次出

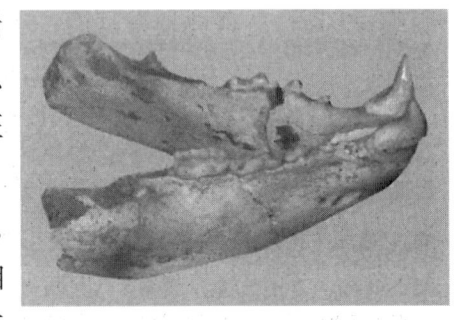

牛河梁女神庙出土熊下颚骨

土过完整的熊下颚骨,可知红山文化有祭熊的传统,故此类龙应为熊龙。②

和双龙并列相对应的观念,在距离牛河梁遗址仅50公里的东山嘴史前祭坛遗址也可以找到另外的表现,那就是当地出土的玉器双龙首玉璜③,以及牛河梁第十六地点积石冢

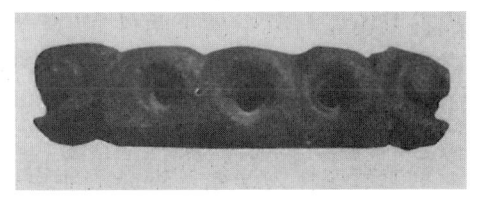

民间采集的双熊首三孔玉器

出土的双熊首三孔玉器(也曾被当成"双猪首三孔器")和双人首三孔玉器。对于史前艺术造型的这种成双的神力,欧洲新石器时代考古学专家金芭塔斯(M. Gimbutas)在她的艺术人类学大著《女神的语言》中给予了很有说服力的解释。该书专门解读史前考古发现的各种女神形象、象征和符号

---

① 辽宁省文物考古研究所:《牛河梁红山文化遗址与玉器精粹》,文物出版社1997年版,图版66。
② 郭大顺:《龙出辽河源》,百花文艺出版社2001年版,第61页。
③ 辽宁省文物考古研究所:《牛河梁红山文化遗址与玉器精粹》,文物出版社1997年版,图版13。

模式。其第十六章题为"双的神力",揭示石器时代艺术造型中"双"的母题之功能在于暗示母神的渐进性的生命复制能力(progressive duplication)[①],以及潜在能量和丰富性。像前希腊的迈锡尼文化女神庙中常见的双面斧,就是最典型的女神神力的一种人工象征物。此外,新石器陶器上常见的双行画线,双新月形符号,双蛇、双鸟与双兽意象,还有双卵、双花与双果意象,乃至分体的和联体的双女神偶像、双头女神像与母女型偶像,都是表达同一种神话意蕴的。至于双兽在两边簇拥女神的造型模式,从史前一直沿用至今,成为欧洲艺术上的一种源远流长的表现传统。[②] 金芭塔斯的这种系统性的史前符号发生研究对于理解红山文化特有的典型艺术器形——双联玉璧,也有相应的启发作用。

类型Ⅲ:鹿龙,主要是针对C字龙的"猪龙"说提出的相对观点,认为龙头上向后飘的长长鬃形其实不是鬃,而是大鹿角。如郭大顺《红山文化》认为,C字龙吻端截平有双孔的似猪,吻端上翘的似鹿。又说:"主张为鹿的还将此类龙与赵宝沟文化刻划纹鹿形相比较,联系这类龙已知出土

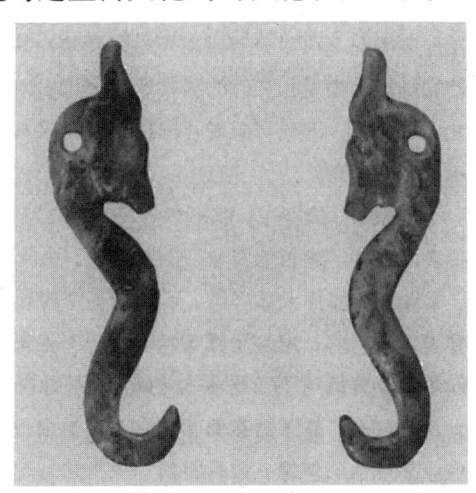

红山文化玉雕鹿龙

地点都在赤峰以北,在以牛河梁遗址为中心的大凌河流域尚未见,而赤峰

---

① M. Gimbutas, *The Language of the Goddess*, San Francisco: Haper & Row, 1989, p. 161.
② 参看叶舒宪:《千面女神——性别神话的象征史》,上海社会科学院出版社2004年版,第33—39页。

以北多赵宝沟文化遗址,黄谷屯附近就有一处赵宝沟文化遗址,从而认为这类龙不一定属于红山文化,而有可能是赵宝沟文化的遗留物。"① 其实,除了C字龙以外,还可能有另外的鹿龙玉雕模式,如《红山古玉藏珍》一书著录的"屈体小玉龙"② 就是较明显的鹿龙造型:以独角鹿首和S形蛇(龙)身构成奇妙的神话意象。

猪鹿同体神　　　　　　　　　红山文化玉雕鹿角熊

我们知道中国龙的最突出的造型特征在于头上有角,而且在很多情况下可以分辨出龙角是以鹿角为其原型的。这就在虚幻的神话动物龙和实际的动物鹿之间暗示出某种象征意蕴上的发生学联系。因此可以说,与猪龙说和熊龙说一样,鹿龙说也不是主观臆想。

类型Ⅳ:弧形龙,或可称为"虫身龙"。瀚海拍卖公司曾经拍卖的一件"兽首虫身坠"即其代表。虫身龙的体形弯曲不像C字和玉玦那样大那样圆,而是像半个玦形,身体造型明显是要表现虫类的,尾端呈圆尖状。红山文化先民对蝉、蜜蜂、蚂蚱等有羽翼的可飞行昆虫十分崇敬,将此类变形昆虫视为神圣生命的符号。其玉器雕像中常常有这类虫身的母题出现:或是独立表现虫形偶像,或是将兽与虫身结合起来。近有学者撰文说"中国龙的原型是虫的幼虫"③。这样的观点虽不无根据,却不符合龙起源的多元

---

① 郭大顺:《红山文化》,文物出版社2005年版,第143页。
② 刘振峰、金永田:《红山古玉藏珍》,万卷出版公司2005年版,第73页,图58。
③ 三好:《中国龙的原型是虫的幼虫》,见《文物天地》,转引自陈逸民、陈莺:《红山玉器收藏与鉴赏》,上海大学出版社2004年版。

性特征,似有以偏概全之嫌。笔者考察到的一件玉雕龙,就是结合了熊龙与虫龙两方面特征,呈熊首虫身状的。

综合以上四种类型的红山文化玉雕龙造型,可以说猪、熊、鹿、虫每一种都是构成史前神龙想象的原型要素之一,但都不是绝对唯一的要素。这就清楚表明,在龙起源问题上持独断论的排他观点是欠稳妥的。神龙想象似不大可能只发生于一种现实的动物。而在数种动物中,目前看来更加突出的当属猪与熊。

三、猪、熊与史前女神的关联

龙起源的猪龙说和熊龙说涉及两种现实中的动物——猪和熊。考古学发现的红山文化玉龙,直接引发了学界对史前文化中这两种动物的关注。人们注意到,包括红山文化在内的新石器文化较普遍地崇拜猪,这在史前艺术造型里也得到充分体现,直到汉代的墓葬里还普遍使用陶猪。龙

汉彩绘陶猪(涿州出土)

的原型为猪龙的观点已经为多数人所接受。拙著《高唐神女与维纳斯——中西文化中的爱与美主题》,对史前宗教中的猪崇拜习俗及相关的观念内涵(如史前的脂肪—肥胖崇拜、丰乳肥臀女性崇拜)做了跨文化的分析。同时,又在《亥日人君》这本小书中结合稀韦氏探讨了中国上古猪

神信仰的生态—文化特殊背景。汉字"家"的表象乃是房屋中有猪,这就透露出非常有趣而重要的原型信息。① 此处需要补充的是,新世纪以来相继问世的关于红山文化玉器的出版物,以玉猪首②和玉猪神③的生动造型,给中国新石器时代遗址大量出现猪骨、野猪獠牙、整猪陪葬,以及猪形的陶器和雕塑等现象提供了更加广阔的实物形象参照,也给后代作为"明器"与吉祥物的玉猪传统找到了5000年前的纵深根源。

新近的考古发现,使得红山文化及其前身兴隆洼文化和赵宝沟文化所共有的猪崇拜,引起学界的关注。如1992年中国社会科学院考古研究所内蒙古工作队在兴隆洼遗址发现的居室墓,让我们看到8000年前的惊人一幕:用双整猪与墓主人一起下葬。④ 2001年,在兴隆沟遗址的5号房址内又出土了前额钻有圆孔或者方孔的12个猪头骨和3个鹿头骨。这15个兽头骨不是随意放置的,而是排列整齐的。根据两个头骨上面的烧灼痕迹,考古工作者认为这一组屋内兽头本用于宗教祭祀。⑤ 我们一旦把玄虚而缥缈的猪头(鹿头)龙身雕像同这种史前现实的神圣猪头、鹿头场景联系起来,离解开神龙由来之谜就不是很遥远了。

猪在史前文化中的宗教意蕴虽然已经开始明确,但是猪作为女神象征的意蕴,国内学者却没有注意,也没有了解到这种情况

南斯拉夫出土
温加文化熊神

---

① 叶舒宪:《亥日人君》,社会科学文献出版社1998年版。
② 徐强:《中国古玉珍藏》,蓝天出版社2005年版,第62页图。
③ 刘振峰、金永田:《红山古玉藏珍》,万卷出版公司2005年版,第88页,图75、图76;柳冬青:《红山文化》,内蒙古大学出版社2002年版,第129页,小型玉龙、红山古玉猪龙胎和红山石质猪龙胎三例图。
④ 中国社会科学院考古研究所内蒙古工作队:《内蒙古敖汉旗兴隆洼聚落遗址1992年发掘简报》,载《考古》1997年第1期。
⑤ 刘国祥:《兴隆沟聚落遗址》,载《文物天地》2002年第1期。

在整个欧亚大陆史前文化中是具有相对普遍意义的。[①] 这样就无法把猪龙崇拜同女神崇拜看成是同一种史前信仰观念的不同表现，从而也不能有效地探察到猪与龙起源过程及史前女神宗教的隐蔽关联。

对于熊龙的认识也存在同样的问题。少数学人虽然从直观上辨识出龙身上面的熊头，从而提出熊龙假说，却未能进一步理解到，熊龙和熊本身都可以充当史前女神的化身。

牛河梁女神庙中的熊雕像残片就是非常重要的证据，却远没有得到包括考古学家和艺术史学者的充分注意。究其原因，或许是这件雕塑作品过于残缺，使得艺术审美方面的分析与鉴赏难以展开，还有就是它在整个遗址出土文物中显得过于孤立，又缺少其他的相关参照物，所以根本不起眼，无法像女神头像那样吸引人们的注意力。再有，出土实物的残缺再加上考古报告的不全面，使非现场挖掘的学者很难获得系统的和完整的相关信息。好在图片版的《牛河梁遗址》一书于2004年问世，其中图版20是女神庙主室出土的泥塑熊爪照片。[②] 根据常识，神庙的主室一般应该是供奉主神的所在。长14.5厘米的熊爪的发现表明，这里曾经供奉着泥塑熊神偶像。只因为泥塑不易保存而损毁了，就剩下偶

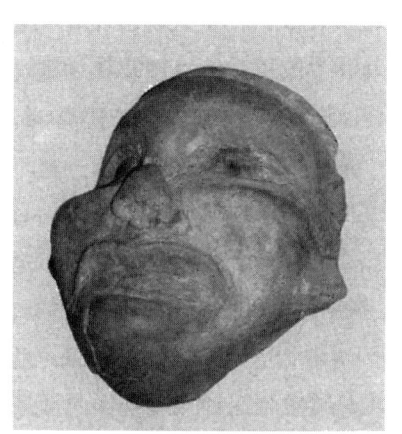

牛河梁出土女神头像

---

① 金芭塔斯《活着的女神》讲到"豪猪与豪猪女神"一段如下：考古学与民俗学都把豪猪同再生相联系。豪猪形的饰物出现在整个地中海地区的新石器时代、青铜时代和铁器朝代。一个陶器盖子与豪猪相像，刻画出一张脸，还有一个长满了疣子的躯体，属于罗马尼亚公元前4500—公元前4300年间的古梅尔尼塔文化。其他的豪猪型陶瓶出自相关的文化。在爱琴海地区的青铜时代，米诺斯的豪猪女神身穿一条裙子，上面有模拟豪猪的尖刺。豪猪女神与再生的联系非常明确地体现在早期希腊人的如下习俗：用豪猪形状的瓮棺来埋葬死去的婴孩。直到今天的欧洲民间故事，还讲述着女神伪装成一只豪猪出现在牲畜栏中的情节。直到20世纪的开端，在阿尔卑斯山区乡村，子宫有问题的妇女带着一些染红的刺球，称作"豪猪"，去教堂祈祷。

② 朝阳市文化局、辽宁省文物考古研究所：《牛河梁遗址》，学苑出版社2004年版，第20页。

像的一只熊爪残件。唯一完整的女神头像是在主室西侧发现的,那么她和主室中央的熊神就该有一定的关系。是主神与其配祭之神的关系,还是互为象征的对应关系?或者像在古希腊阿提刻的阿尔忒弥斯女神庙中的情形:"祭司们披熊皮、跳熊舞祭祀"①?因为熊与鹿正是这位女兽主(mistress of animals)的主要象征物。

其实,女神头像虽然已经被考古学家指认为"她是红山人的女祖,也就是中华民族的共祖"(苏秉琦语),但是这尊头像的性别特征却并不明确。说其为"女神",也是根据庙中其他泥塑像残体的不大明确的性别特征(至今没有清晰可辨的实物照片公开发表)而推测出的。新出的《牛河梁遗址》一书在陈述上也有不清楚之处,如第15页说:

> 人物塑像已出残件分属六个个体。其中相当于真人原大的女神头像位于主室西侧;相当于真人2倍的面部、手臂、腿部位于西侧室,经拼接约为盘腿正坐式,与东山嘴所出姿态相同(图17);相当于真人3倍的鼻、耳位于主室中心(图18)。神像写实而神化,应为祖先偶像,且为围绕主神的群神崇拜,说明已进入祖先崇拜的高级阶段。另在主室中心和南单室,出有熊龙的头和爪(图19、20),北室出有猛禽鹰爪(图21)、鸟翅(图22)等动物神塑件。②

这一段叙述有两个疑点。其一,图版20的文字说明是"女神庙泥塑熊爪",这里却说是"熊龙"的爪。到底是泥塑熊呢,还是熊龙?可见说法前后矛盾。这当然不利于正确引导人们的认识和研究。如果是熊龙,就不能只依据残存的熊爪来证明。无论是传世的熊龙雕像,还是发掘出土的,尚未看到一件"龙"体上长着熊爪的。在汉代画像石传统中,有足有爪(不是

---

① M.H.鲍特文尼克、M.A.科甘、M.E.帕宾诺幻奇等:《神话辞典》,黄鸿森、温乃铮译,商务印书馆1985年版,第11页。
② 朝阳市文化局、辽宁省文物考古研究所:《牛河梁遗址》,学苑出版社2004年版,第15页。

熊爪)的龙形象才大量呈现。其二,主室中心部位出土的相当于真人3倍大的鼻与耳,应该地位最高,应属"主神"无疑。但是其性别是男是女,并无直接证据。这样,位于主室西侧的"女神头像",只能是"围绕主神的群神"之一。神像的6个个体中有几位女性,有没有男性,也还没有确凿的辨析与说明。所以整个庙宇能否确定为"女神庙",也还需要更加清楚的证据。正如我们不能根据一座菩萨庙中也有罗汉像就命名该庙为"罗汉庙"一样。

笔者认为,能够为该神庙命名"女神庙"提供证明的证据,除了6个个体的残部或有"疑似"女性特征者以外,就在于庙内发现的泥塑熊爪和鹰爪!从构成红山文化宗教的常见神话表象看,如熊、猪、鹰、鸮等,也都是构成欧亚大陆史前女神宗教的动物象征体系之成分。关于这个象征体系的整合性见解有助于我们反观中国本土的新出土材料。这里的关键是研究视野的转换:从就事论事到总体审视。

四、熊女神与鸟女神:史前雕像的艺术人类学观照

这里需要首先发问的是:为什么在牛河梁女神庙——作为史前国家雏形的红山古国最为重要的宗教神圣场所,相当于清代皇城北京之天坛地坛,社会的最高首领举行盛大祭祀礼仪活动的地方——会两次出现巨大的熊雕像呢?这种问法已经暗示着熊形象很可能不是作为一般动物形象或者装饰性造型而出现在神庙之主室与南单室中,而是作为神圣崇拜之偶像而存在于神圣场所的,其信仰的内涵应该同女神头像一样重要。

初步确认了女神庙主室熊神偶和南单室熊下颚的神圣性质,接下来要明确它在整个庙宇结构布局中所处的位置,从而进一步理解其宗教—神话蕴含。从已发表的材料看,不算积石冢,整个女神庙建筑内部出土的动物形象(残部)仅有两类:熊(熊龙)类和鸟类。熊类出现了两处:泥塑熊爪和

熊下颚。鸟类也出现了两处以上——女神庙北室有泥塑禽爪两个①。《牛河梁红山文化遗址与玉器精粹》的图片说明是:"为大鸟的双爪残块,残长分别为13.5和14.5厘米。爪尖和关节表现逼真且显得壮而有力。"②却没有确认是哪类禽鸟。到了《牛河梁遗址》一书,同样的出土泥塑图片下,说明文字略有改变,成为"女神庙泥塑猛禽鹰爪",而且新增刊了"女神庙泥塑鸟翅"的图片。③

新近问世的数种红山文化玉器收藏的图册中,都著录了熊的玉雕形象,这就较有力地提示着一种在后代中原文明中失落了的文化传统,其核心是以熊为尊神乃至主神的史前信仰。如果这样的信仰只反映在红山文化的若干遗物和收藏品上,那还会显得说服力不足。如果在世界的新石器时代宗教遗物中能够看到较为普遍的相关旁证,那么对于反过来说明红山文化的熊崇拜将会是非常有效的参照。

西周青铜器纹饰中的熊头

先看看新近出版的红山文化玉器图册中,玉熊雕像的呈现情况:2002年出版的柳冬青《红山文化》一书著录的玉熊有多件(第37页1件,第113页5件)。其中一件稍大的,长13厘米,高9厘米,收集于内蒙古开鲁县西

---

① 辽宁省文物考古研究所:《牛河梁红山文化遗址与玉器精粹》,文物出版社1997年版,第92页,图版80。
② 辽宁省文物考古研究所:《牛河梁红山文化遗址与玉器精粹》,文物出版社1997年版,第92页,图版80文字说明。
③ 朝阳市文化局、辽宁省文物考古研究所:《牛河梁遗址》,学苑出版社2000年版,第21页,图版21、22。

拉木伦河、西辽河、老哈河的交汇地台河镇,采用一块自然风化的蛇纹石玉料雕刻而成。该书作者认定并命名为"熊龙玦"的玉器也多达10件。[①] 2004年徐强出版的《红山文化古玉精华》一书著录的玉熊雕像有5件。[②] 刘永胜、王长江《红山古玉文化研究》著录的玉熊虽然仅有1件[③],但其造型却较罕见,呈现为长着特大鹿角的黑熊形象,这样的合体形象使人想到C字龙解释中"猪龙""鹿龙"难解难分的情况,也就再度暗示了熊龙与鹿龙、猪龙的联系。

面对这些依然晶莹剔透的史前玉雕熊像,如何回应熊龙说并解读其文化蕴含呢?眼下的历史和考古界尚未做出积极的反应。一个重要原因是这些民间收藏品不如考古发掘品那样确凿有力。在年代鉴别上常有很大争议,比较宗教学和比较神话学的世界视野在此能够发挥重要参照作用。

20世纪是女神研究最发达的世纪。19世纪破天荒提出"母权论"的巴霍芬,在马克思、恩格斯晚年著述中得到积极回应之后,就逐渐受到学院派的冷落。直到20世纪后期,风起云涌的女性主义运动才又重新拾起巴霍芬的理论。20世纪中比巴霍芬更加具有号召力的女神研究者是考古学家金芭塔斯。2005年出版的《女神与神圣女性:西方宗教史》称她为"新母权论"(newmatriachalism)的学术领袖,因为她的考古学研究发现了一个在父权制文明、战争和暴力共同降临这个星球之前的女神宗教时代。[④] 她最后的著作《活着的女神》在她逝世后的1999年出版,给神话学、宗教学和艺术史领域带来不小的震动。这本书坚持并强化了作者一贯的观点:从旧石器时代后期到新石器时代,欧洲和西亚地区普遍存在一种地理跨度广阔、持续时间近万年的"女神文明",其所信奉的宗教就是"女神宗教"。女神的根本神性就体现在生命的创造与再生方面。她或者以人的形象呈现,或者更多的是以动物化身的形象出现,也有半人半兽的情况。在各种动物

---

① 柳冬青:《红山文化》,内蒙古大学出版社2002年版,第59—64页。
② 徐强:《红山文化古玉精华》,蓝天出版社2004年版,图版430—434。
③ 刘永胜、王长江:《红山古玉文化研究》,宗教文化出版社2004年版,第138页,图版88。
④ Rosemary Radford Ruether, *Goddesses and the Divine Feminine*, *A Western Religious History*, University of California Press, 2005, p.21.

象征之中,金芭塔斯特别讨论到熊与鹿、鸟——鹰、蛇和野猪等。该书对石器时代艺术造型中熊与猛禽形象的文化解读,尤其值得关注红山女神庙动物的国内学人借鉴。金芭塔斯指出:

> 熊与鹿持续地出现在给予生育的女神像上,她经常以熊或鹿的形式出现,作为生育或哺乳幼儿的辅助者。古希腊人认为这两种动物是阿尔忒弥斯女神的化身。其他一些深深植根于史前时代的欧洲民间故事也将熊、鹿和给予生育之女神联系到一起。
>
> 熊作为宇宙的养育者形象的历史一直上溯至旧石器时代晚期。那时的人们一定观察到了熊一年一度的冬眠与苏醒的模式。于是,熊就成了死亡与再生的完美象征物。当它冬眠的时候,它就象征性地进入了死亡王国;当它从洞穴中复出时,那就是象征性地再生了。……它不仅在走出洞穴时是活生生的,而且还带出了新的生命:在冬季里生育和哺养了幼兽。人们还以为它在那期间处在像死亡一样的沉睡之中。就这样,熊代表了生育、死亡与再生的全过程,它自然而然地成为生育女神的一种动物化身,也就不足为奇了。在制作精美的灯台、陶器、人像和祭品容器上出现了大量的熊的母题,揭示了熊女神在仪式方面的重要意义。熊形的灯台是公元前六千年代的典型器物。人们还发现了熊腿形的圆环把手的陶制容器,那也许是用于奉献圣水的。如前文所说,在母与子型的造型中常常以熊的母题为装饰,目的在于确证她的神秘母性作用。[①]

同样是石器时代的神话想象,欧洲和西亚先民祭祀仪式上的熊与女神已经被认同为一体了——"熊女神"甚至延续到古希腊人的女神想象中;而欧亚大陆东端的牛河梁女神庙中,女神像和熊塑像却还是各自孤立的,

---

① M. Gimbutas, *The Living Goddesses*, Berkeley: University of California Press, 1999, pp. 12-13.

好像彼此没有关联,这可能吗？在牛河梁积石冢中陪伴墓主人的一双熊龙玉玦,虽然在沉睡了5500年之后有幸重见天日,其性质和功能却无法被自诩为"龙的传人"的当今国人所理解,只是被奉为文物珍宝,引来古玩市场上无数的仿制品。这真是应验了龙的国度中自古流传的那句名言,"此山之玉"要借"他山之石"来"攻",才见真效。这也同时表明,在知识全球化时代,艺术人类学的通观视野具有方法论的意义,给我们陷于学科本位主义的"井蛙"式学院人,提出了"破学科"和"跨文化"的双重补课要求。

如果说生命再生是史前女神信仰的神秘母性作用观念的实质,那么制造出积石冢和女神庙之建筑体系的红山人肯定也持有类似的神话观念,并且也清楚地体现在熊女神的存在之中。具体而言,就是庙宇中的泥塑熊与墓葬中的玉雕熊(龙)的相互呼应。二者同时又都对应着作为生命力之本源的女神观念。由于较为稀有的玉本身就具有神秘的生命不朽和永恒意义[1],用玉雕熊(龙)来确保死者的灵魂再生,用意十分明显。而庙宇之中供活人祭祀的女神,体现的是"祭如在"的形象符号,所以只用泥塑的方便材料就可以了。牛河梁的两种熊的造型材料,分别揭示出"唯玉为葬"的厚葬传统与以神尸——牌位为表象的祭祀传统的一个深远源头,确实非常耐人寻味。史前熊女神(乃至猪女神、鹿女神和鸮女神等)的当代解读,为红山文化"坛—庙—冢"一体化现象的解读,提供了宝贵的线索。

再看《活着的女神》对史前鸟女神的阐发,相信牛河梁女神庙中出土的除了熊以外的唯一动物残像(鹰爪)的意义和功能,也可以有较合理的解答。"猛禽(raptors)——食肉的鸟类——在古欧洲的形象谱中最常体现的是死亡。(土耳其)卡托·胡玉克出土的'秃鹫圣庙'(The Vulture Shrine)为此提供了一个图示的例子。在圣庙处的墙上描绘着几只秃鹫,它们用伸开的翅膀向下面扑打着一些无头的尸体。在几千公里之外,西欧的巨石坟墓之中,另外一种凶鸟占据着主导地位。女神的信徒们在让人感到敬畏的纪念碑石柱上和骨头上刻画出猫头鹰的类似物,特别是它的大眼

---

[1] 参看叶舒宪、萧兵、郑在书:《山海经的文化寻踪:"想象地理学"与东西文化碰触》,湖北人民出版社2004年版,第225—228、2187—2192页。

睛。这个形象还出现在单独耸立的被称为'孟希尔'(menhirs)的石柱上。"①牛河梁女神庙北室出土的泥塑鹰爪和鸟翅残件是否就是代表死亡女神职能的鹰或者猫头鹰呢？对此，有两个线索可以提示出肯定的答案：一是牛河梁第二地点四号冢出土有玉鸟，东山嘴遗址出土有绿松石鸮，以及其他红山文化墓葬出土的众多的玉鸮，与女神庙中的泥塑鸟类形象形成地下与地上的对应。这种对应情况就如同地下玉熊龙对应地上泥塑熊一样，都可视为女神宗教神话观的生动体现。二是牛河梁女神庙建筑采用的复杂多室结构，其形态本身也蕴含着神话宇宙观的象征性。让代表死亡女神的鹰——鸮神偶处在阴性的北面房室，让代表复活与再生女神的熊神偶分别处在主室和南单室，显然也不是完全随意的安排，而是与方位阴阳生死对应的观念相互吻合的。②

在金芭塔斯看来，自然界自发的一代代生命是石器时代先民的宗教信仰主要关注的内容。这种关注以母神观念为核心，催生出古代欧亚大陆有关再生的种种神圣意象和象征动物。熊与鹰——鸮等题材之所以被史前人反复塑造，并不是偶然的巧合，也不是出于审美的考虑，而是因为它们本来就充当着女神的化身。可惜的是，她的眼界没有继续向东扩展，将1980年代以来出土的中国史前考古资料整合到她的女神文明理论中来。此理论是基于欧洲和西亚出土的新石器时期近十万件宗教艺术偶像的总体审视之上的，不同于巴霍芬仅靠神话文本而做的理论建构。

五、熊女神与北方萨满教传统

如前所说，牛河梁女神庙内发现的动物造型残片，迄今只知道有鹰和熊两种，一直以来缺乏"所以然"层面的解释。考古材料本身所能够提供的信息有限，如何阐释的问题自然留给了各方面学人。艺术人类学的知识视野已经显示出非本土文化所提供的"他山之石"具有的透视功效。

---

① M. Gimbutas, *The Living Goddesses*, Berkeley: University of California Press, 1999, p. 19.
② 参看叶舒宪：《中国神话哲学》第三章，中国社会科学出版社1992年版。

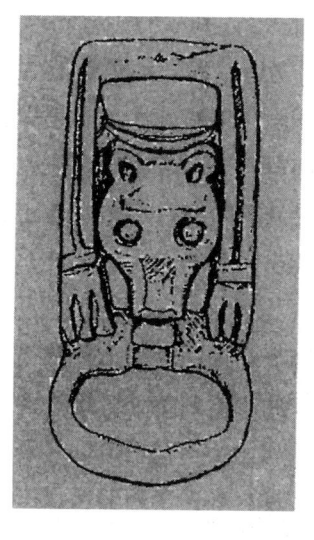

俄罗斯出土仪式熊环

  提供"他山之石"的金芭塔斯，除了终生所从事的考古学专业以外，对民俗、民间文学也有高度重视和通观理解，这正是《活着的女神》得以超越作者自己以往著作的原因。对红山文化熊女神的解读最好也能够重新回到红山文化所在的我国东北文化乃至北亚文化的背景中，获得第三重证据的进一步参照。而作为非物质文化遗产的北方民俗与民间文学，将使人看到更加丰富鲜活的文化传承内容。欧亚美大陆北方民族的萨满教艺术造型，也可以作为宝贵的借镜。

  笔者在此要提到的另一"他山之石"是瑞典考古学者蒲莱斯编的《萨满教考古学》一书，其中苏瑟兰德《萨满教与古代爱斯基摩人艺术的图像》一文，探讨的是第一个从北亚迁移到北美洲北极地区的族群——古爱斯基摩人的艺术。古爱斯基摩人出现于5000至4000年前的阿拉斯加，时间上稍晚于红山文化。其艺术品主要制造材料是象牙、鹿角、骨头和冻石。目前已经由考古学家发掘出的艺术品有近千件，构成北极地区新石器时代艺术的主体。熊是其萨满教造型艺术品中最重要的形象，主要功能在于体现萨满教所信仰的生命变形转换观念：人与熊的结合成为一大特征。"对熊的艺术表现形式，从自然主义的刻画出整个动物，到只塑造熊头和头骨，乃至以逼真手法刻画出一只飞翔状态的熊，再在其身体上刻画出骨架的形状,也有极度抽象的表现这种飞熊。"①苏瑟兰德还分析了人与动物的复合的雕像所代表的萨满教主题:人与兽之间的转换。了解到这一点,为我们考察原始艺术造型中人兽组合形象的发生,提供了史前信仰观念的背景。

比如人变幻为鸟,那就意味着变形者获得了对应于萨满飞行的功能;而人变幻为熊,则具有了熊的高度耐寒耐饥渴的神异能力,可长时间处于"蛰伏"的冬眠状态,孕育出再生的巨大潜能。我们在此可提请注意:从语

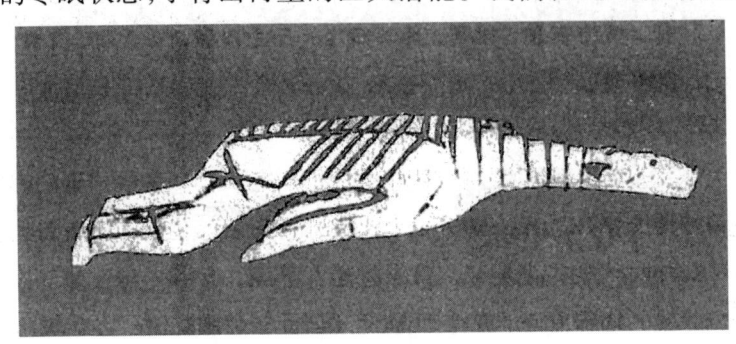

爱斯基摩骨雕:飞熊

源学、训诂学层面考察汉字"熊"与"能"的形义相近关系。与红山熊龙具有可比性的古爱斯基摩艺术品是象牙雕飞熊造型(现存加拿大文明博物馆)以及人熊女性雕像②,这些神幻意象表明萨满正是人与熊之间的中介者。这有益于进一步思考红山文化中熊与女神的关系。

萨满教的视野是研究史前北亚文化的重要切入角度。由于对于萨满教信仰的动物与人的互变和转换关系不甚了解,所以有人一见到史前和民间艺术塑造的动物,就马上联想到图腾或者自然神崇拜,形成条件反射式的简单化对号入座:见到龙就说龙图腾,见到凤就说凤图腾。这样的研究自从图腾理论传入中国后,已成泛滥之势。与其说是在发现和解释问题,不如说容易遮蔽问题的复杂性。现在看来,女神庙主室西侧的泥塑人头像,究竟是女神还是女萨满,也许还是值得再商讨的。

---

① Neil S. Price ed., *The Archeology of Shamanism*, London & New York: Routledge, 2001, p. 138.
② Neil S. Price ed., *The Archeology of Shamanism*, London & New York: Routledge, 2001, p. 139, 图 9.3.

用北方萨满教的眼光审视东北地区史前考古发现,也得出近似的结果——猪、鹰、熊等成为不约而同的重要造型符号。

1972年,黑龙江省考古工作者在黑龙江省密山县发现了新开流原始文化遗址,出土了三件萨满教造型艺术品:一是骨雕鹰首,长7厘米,系用坚硬的石器在兽骨上雕磨而成的,整个体态呈弯月形,鹰的眼、口部雕琢清晰,手法简洁,刻画出鹰寻觅猎物的神态;……人像呈尖顶、细眼、宽鼻、方颌。

在黑龙江省莺歌岭新石器文化遗址中,也发现了三件萨满教造型艺术品。一是陶猪,脊背高耸,吻部突出,四肢短小,身躯略大,呈现出野猪的形象特征;二是陶熊,身躯粗壮,嘴向前伸,短颈,两耳微竖;三是陶狗,呈长颈、尖嘴、耸耳状。①

从出土的陶熊回到与熊相关的萨满教神话,民俗传承与民间口传文学作为第三重证据,让我们看到后代文化中遗留着的对女神时代的古老记忆。首先就是女萨满、女祖先与女神不分的状况。如鄂温克人的创世神话《创世老萨满》说:在萨满出世之前,人和其他动物差不多少,都一样吃草。后来出现了神通广大的萨满,才把地球变大,使人和动物分家。相传,在出太阳的地方,住着一个慈祥的白发老太婆,她就是创世萨满。她那个大乳房就是为最初哺育人间幼儿的。② 在此,女萨满的生命本源功能已相当于创世之神。

陈鹤龄编《扎兰屯民族宗教志》,叙述内蒙古呼伦贝尔盟南端诸民族的狩猎部落生活。其中鄂温克人的神界分工简单:祖神,蛇神,保护幼儿的神,保护驯鹿的神和"熊神"。以上统称"玛鲁",供在帐篷的正后方,人不得到该地方站立和随意走动。③ 再如鄂伦春人的祖先神话《熊的传说》讲:

---

① 郭淑云:《原始活态文化:萨满教透视》,上海人民出版社2001年版,第501页。
② 王肯、隋书金、宫钦科等:《东北俗文化史》,春风文艺出版社1992年版,第25页。
③ 陈鹤龄:《扎兰屯民族宗教志》,文化艺术出版社1996年版,第268页。

鄂伦春人承认自己是熊的后裔。有一则传说,有个猎人,丢失妻子多年,一天他打到一只熊,割前掌时发现熊脚掌上还戴着一只镯子,确认就是他在山里头走失的戴镯子妻子变的熊。因此,鄂伦春人留下严禁捕杀熊的规矩,并对熊顶礼膜拜。不直呼其"牛牛库",而要尊称公熊为"雅亚"(即祖父),尊称母熊为"太帖"(即祖母)。熊死后,要像送葬老人一样举行祭祀和风葬仪式。北方一些民族的许多萨满都领有熊神和狼神增加自己的神威,并多借猛兽神灵的威力震慑邪恶。使鹿鄂温克人萨满服上就挂有一对熊神、一对狼神模型。可见,史前女神宗教的时代一去不返,古老的熊女神就这样在父权文明的发展中逐渐丧失了本来面目,沦落为一种驱邪避险的符号。

　　好在古文献中明确记载着黄帝又被称为"有熊氏",而楚国的国君也以熊为名号。韩国开国始祖檀君神话有类似鄂伦春人熊祖先的观念。据《三国史记》说,檀君是天神之子桓雄和一位熊女所生。这些迹象表明:失落的史前熊女神传统并没有随着文明历史的展开而销声匿迹,而是在后来时代的父权制社会意识形态中留下种种蛛丝马迹。若不是红山文化女神庙、冢的重新问世,熊龙产生过程同史前女神宗教的背景关系恐怕就难有出头之日了。若没有艺术人类学视野藉他山之石的反观之效,辽西女神庙出土的那只唯一的泥造熊爪,会不会像失落的女神传统一样,再度被世人所遗忘呢?

第三章　神圣猫头鹰
——《诗经·鸱鸮》的误读与知识考古

"夜猫子叫了"是民间习俗所忌讳的不祥之兆。但是人类却曾经有过一个崇拜猫头鹰为神的古老传统。根据文学经典的误读所建构起来的厌恶鸱鸮的文化价值观，其实是以凤凰神话的兴起为基础的一种文化断裂现象。本章依据图像人类学和考古实物提供的证据，探寻在父权制文明压抑下早已失落的女神文明传统，恢复猫头鹰女神的神圣地位，以及早期文学之人神对话的寓言式诗歌表现模式。

一、"经典"的神圣信仰背景与世俗化

什么是"经典"？《辞海》的解释有两种："1.一定的时代、一定的阶级认为最重要的、有指导作用的著作。2.古代儒家的经籍，也泛指宗教的经书。"《汉语大词典》的解释有三，其一为：

> 旧指作为典范的儒家载籍。《汉书孙宝传》："周公上圣，召公大贤。尚犹有不相说，著于经典，两不相损。"《后汉书·皇后纪上和熹邓皇后》："后重违母言，昼修妇业，暮诵经典，家人号曰

'诸生'。"唐刘知几《史通·叙事》:"自圣贤述作,是曰经典。"清纪昀《阅微草堂笔记·槐西杂志四》:"祭祀之理,制于圣人,载于经典。"

对汉语中"经典"一词的这两个现代解释,尽管明显带有编纂于"阶级斗争"年代的印记,大抵还是符合实际的。不过第一种解释中两个义项的排序颠倒了:应该将第二个义项排在前,第一个义项排在后。这样才符合"经典"语义发生的历史程序。换言之,从文化史的源头看,最早的经典全都是神圣的文本。所以,经典的本义是指圣经或者圣书的。①像古代印度的梵语经典四部《吠陀》、古代波斯的《阿维斯塔》、古希伯来人的《旧约圣经》、伊斯兰教的《古兰经》,虽然在今天的文学史撰写中也都要提到,但是它们当初不是作为文学文本而是作为宗教信仰的文本而获得至高之书的"神圣"地位的。刘勰撰写《文心雕龙》时还要把《征圣》列在《宗经》的前面。就此而言,文学意义上的经典概念脱胎于宗教信仰意义上的圣典,或许可以说是神圣经典概念世俗化之后的产物。

经典的世俗化是一个历史发生的过程,其大背景则是原初的宗教信仰的变革、衰微和失传,以及政教分离的趋向。就上古中国的情形而言,由神圣到世俗的这种历史转化过程清楚地体现在被奉为至高文学典范的《诗经》分类上。人们习惯的说法"诗六义"中的后三义——"风雅颂",显然是宗教信仰衰微之后的重新排序。其发生学的顺序应该是"颂雅风"。按照经典被世俗化以前的历史顺序,当然是用于国家宗教仪式场合的庙堂诗歌"颂"在先,"雅"其次,而代表各地民间歌谣的"风"在后。从世俗化以后的文学经典标准看,"颂雅风"的传世文本,总计305篇,当然都是"经",但是如果按照世俗化以前的神圣经典标准看,则只有"颂"一类因为带有明显的仪式祭祀背景而更加接近原初的"经",即所谓"祭祀之理,制于圣人,

---

① 关于"经"的语源学辨析以及古书称"经"的两种不同情况,请参看叶舒宪、萧兵、郑在书:《山海经的文化寻踪:"想象地理学"与东西文化碰触》第五章《山海经》方位模式与书名由来",湖北人民出版社2004年版,第117—122页。

载于经典"。由此可见,我们今日所说的"诗",在远古时曾经专指神圣的仪式歌词,并不包括十五国风这类世俗作品。后者的本来称呼是"歌"或者"谣"。"风"得以和"颂"并列,进入"经"的等级,要经历一种"圣化"的过程。此一过程与神圣信仰的衰微是同步的。① 在这个过程中,一些诗歌在文学上的地位被大大提升了(如情歌被曲解成表现"后妃之德"),而另一些诗歌其信仰方面的原本神圣背景内涵却失传了。由此引发普遍性的误解、误读,也就在所难免。从现存的十五国风的情况看,除了民间男女相互吸引的情歌占据了大部分内容,也还有少数篇章保留着从神圣到世俗的信仰衰微之轨迹。原来的神圣信仰对象,在世俗化过程中难免被妖魔化和丑化。后人由于缺乏批判性的历史反思能力,大多只能以讹传讹,形成积重难返的局面。本文以《诗经·豳风·鸱鸮》一篇为例,说明原本神圣的文化蕴含如何在世俗化过程中被消解、祛魅、丑化乃至逐渐失传的。

二、《鸱鸮》篇的误读

> 鸱鸮鸱鸮,既取我子,无毁我室。恩斯勤斯,鬻子之闵斯。迨天之未阴雨,彻彼桑土,绸缪牖户。今女下民,或敢侮予?予手拮据,予所捋荼。予所蓄租,予口卒瘏,曰予未有室家。予羽谯谯,予尾翛翛,予室翘翘。风雨所漂摇,予维音哓哓!

对这首诗的解释,古人今人基本上持截然不同的看法。自毛传和郑笺起,皆认为是周公所作,且以为是周公托为鸱鸮之言。于是,这篇作品就被解说成了以"禽言"形式出现的所谓"寓言诗"。朱熹《诗集传》对第一节的解释是:"为鸟言以自比也。"②对下面三节的解释也都是"亦为鸟言"。

---

① 参看叶舒宪:《诗经的文化阐释:中国诗歌的发生研究》,湖北人民出版社1994年版,第540—549页,"《风》诗的圣化与还原"。
② 朱熹:《诗集传》,上海古籍出版社1980年版,第94页。

不过,诗中发言的鸱鸮只是一种鸟,和它形成对话的是另一种处于弱势的鸟。那么,究竟是谁比谁的问题,在注释家中仍然还有争论。一说周公以鸮自比,是压迫者一方;一说周公以小鸟自比,是受害者一方。① 朱熹即持后一种观点,认为是周公托为受害之鸟言。不管周公代表哪方,鸱鸮为恶鸟说,自毛传、郑笺以后,已经成为众口一词的定论。从汉儒到清儒,认定《鸱鸮》篇作者为周公的根据都是《尚书·金縢》中的一个说法:周武王去世后,成王继位,周公摄政。三监及殷叛乱,管叔及其弟子散布流言说周公将不利于成王。周公东征平乱,成王不知周公之志,有所怀疑。周公作了

殷墟妇好墓鸟尊上的神鸮

这首诗送给成王,向他申述周室将毁,风雨飘摇,自己历尽艰辛,救乱扶危之志向。由于周公在后代儒家创始人孔子的心目中占据着崇高地位,《孟子》中又特别提到孔子对此诗非常赞赏②,所以2000多年以来,没有多少人对周公作《鸱鸮》之诗的说法产生怀疑。周公也就成为文学史上先于屈原而独立创作的先驱性大诗人。

有一些怀疑精神的清人方玉润虽不同意《鸱鸮》注疏的旧说,但也还认为此诗出自周公之手笔,只是写诗的目的不在于"明志",而是悔过。其《诗经原始》卷之八云:

周公之诛管、蔡,周公之不得已也。我知公心既伤且悔,唯有

---

① 参看黄焯:《诗疏平议》,上海古籍出版社1985年版,第223页。
② 参看《孟子·公孙丑上》:"孔子曰:为此诗者,其知道乎!能治其国家,谁敢侮之?"

引咎自责,并望成王以戒将来。勿谓罪人斯得,遂可告无罪于先王也。盖骨肉相残,不祥孰甚;叛服无常,可虑方深。今此下民,或尚有能侮予如前日事者,予可不倍加忧惧,为未雨之绸缪耶?此《鸱鸮》之诗所由作也。故其词悲而志苦,情伤而戒切,讬为鸟言,感人愈深。①

"悔过"的说法虽不同于前人,但认定本诗为周公所作的基本误读,却依然如故。进入现代以来,周公的著作权才受到彻底的挑战,最终被多数人所抛弃。但鸱鸮为"恶鸟"说还是照样流行着。

从《诗经》其他篇章的注释情况看,鸱鸮"恶"名的成立汉代人贡献最大。《陈风》"有鸮萃止"。毛传:"恶声之鸟也。"《大雅·瞻卬》"为枭为鸱"。郑笺:"鸱,恶声之鸟。"由此可知,两汉时代对猫头鹰的文化价值建构——"恶",已经宣告完成。尽管在汉代玉器和瓦当上还偶尔能够看到鸱鸮的形象,但是从毛、郑不约而同的"恶声之鸟"说来看,文本诠释已经呈现为对猫头鹰极为不利的一边倒的斥骂之局面。大凡贪婪和凶恶的小人,也就常用此"恶"鸟来作比喻。《文选·曹植〈赠白马王彪〉诗》:"鸱枭鸣衡扼,豺狼当路衢。"李善注:"鸱枭、豺狼,以喻小人也。"这是将鸱鸮和豺狼相提并论的例子。还有将鸱鸮作为凤凰的对立面之例。如杜甫《病柏》有句云:"丹凤领九雏,哀鸣翔其外。鸱鸮志意满,养子穿穴内。"到了明代的王陵在《春芜记·解嘲》中写道:"他奸谋恣行,恨鸱枭恶吻,把凤雏喧憎。"人们视鸱鸮为恶的象征,已经习以为常,积重难返。这是对经典的第二个根深蒂固的误读。

现代以来,周公作《鸱鸮》的第一种误读被推翻,只有少数学人还坚信此说[2];但第二种误读却没有得到认真的清理。新的争论转移到对其体裁的判断上:它究竟是寓言诗呢,还是对话诗?王志民提出"中国第一首禽

---

① 方玉润:《诗经原始》,李先耕点校,中华书局1986年版,第318页。
② 如陈子展:《国风选译》(增订本),上海古籍出版社1983年版,第400—402页。

言诗"说①,而内容方面则主张阶级压迫与阶级斗争的新主题:《鸱鸮》所表现的是一个劳动者的苦难艰危生活。他被鸱鸮般的强暴者夺取,谋害了他儿女的生命,又时刻担心着残酷的压迫者来毁坏他的家园。这首诗是劳动者对统治者的控诉。

在该诗所由产生的生态背景与文化氛围已经完全失传的情况下,诗歌的内容成为任人解说的东西。解说者所处时代的意识形态成为制约经典意义生产的关键因素。祝尚书《〈诗经·鸱鸮〉臆说》,试图反驳禽言诗、寓言诗和童话诗的说法。他认为,《诗经》中除《鸱鸮》外所有的诗都是以写人为中心的,还没有全篇是托物咏怀的例子。汉乐府民歌才有《乌生》这样的寓言诗。《鸱鸮》不可能超越时代。祝尚书还提出他的另一种解释:

商代大理石鸮
（中国台北"中央研究院"藏）

> 春秋时代,在豳地(今陕西邠县一带),暴徒抢走了一个农奴家的女儿,同时还毁坏了他的房屋,这首诗,就是那个受害的农奴在修理房子的过程中所唱出的一首悲歌。它反映了两千几百年前我国奴隶社会到封建社会转变时期的社会阶级压迫和被压迫者的不平和反抗,是一首优秀的周代民歌。②

除了以上两位,美学家鲍昌也加入到阶级斗争说的行列。他甚至认为《鸱鸮》是整个《诗经》里"反抗性最强的诗歌":劳动者把自己比喻为失去亲人、毁坏家室的小鸟,而把统治者比喻为鸱鸮,表示决不屈服,抗争到底。也有学者坚持禽言诗说,认为"全篇作一只母鸟的哀诉,诉说她过去遭受的迫害,经营巢窠的辛劳和目前处境的艰苦危殆。这诗止于描写鸟的生活

---

① 王志民:《中国第一首禽言诗》,载《语言文学》(内蒙古师院)1979 年第 4 期。
② 祝尚书:《〈诗经·鸱鸮〉臆说》,载《南充师院学报》(哲学社会科学版)1980 年第 1 期。

还是别有寄托,很难断言"①。看来古代的经典建构(周公作诗说)和今人的再建构都不能帮助我们洞察经典生成的语境背景和文化底蕴。

以上的观点足以表明,被奉为文学经典的作品,从古到今均不能避免被反复误读的命运。不同时代解读者的知识背景不同,解释也就随之而改变。下面拟弄清鸱鸮这种动物的自然特性和文化再造情况,为本诗的还原性的理解寻找新的逻辑与历史依托。

三、鸱鸮的自然属性与文化价值

猫头鹰,古汉语称鸱、鸮、枭、鸱鸮,民间的俗名因地而异,多不胜举。如姑获、鸺鹠、鬼车、鬼冬瓜、鹞鹈、猫头鸟、猫儿头、猫王鸟、虎鹤、老鸹、祸鸟、夭鸟、摄魂使者、画鸟、鸧鸪、鹏、鹏鸟、训狐、幸胡、黄祸侯、睡十三、夜游女、女鸟、梦鸟、隐飞、轱辘鸟、鬼各哥、老兔、萑、夜食鹰、怪鸱、枭鸱、狂、茅鸱等等。②从如此之多的别名别称来看,这种飞禽在我们的传统文化中确实是影响非常深广的一种。

猫头鹰是天上飞行的猛禽之一。按照其生物学上的分类,是鸟纲鸮形目鸱鸮科各种类的通称。因为这类大鸟本为食肉类的猛禽鹰之一种,但在外形上具有团头圆脸的"面庞",不同于一般的鹰类小而尖形状的面孔,所以给人的印象好像又近似于猫科动物,因而得名猫头鸟和猫头鹰。凡是有这种大而较圆的突出"面庞"的鸟,古人统称为"鸮"。鸱鸮类生活习性上的最大特征是昼伏夜出,和蝙蝠等少数飞行动物一样是典型的夜间活动者。夜游女、隐飞、夜食鹰等名称由此而来。又由于白昼属阳、夜晚属阴的想象模式作用,猫头鹰在文化价值上就很自然地被归属为阴性的或者女性的大鸟,乃至成为阴间的、冥府的使者。像鬼车、祸鸟、夭鸟、摄魂使者、黄祸侯、睡十三、女鸟、鬼各哥一类名称中,分明可以看出阳世之中的活人对于阴间使者的恐惧。这样的考察还可以在一定程度上说明,猫头鹰的"恶

---

① 余冠英:《诗经选》,人民文学出版社1956年版,第98页。
② 厉荃、关槐:《事物异名录》,吴潇恒、张春龙点校,岳麓书社1991年版,第510—513页。

鸟"名声并非空穴来风,其负面的价值是由人们的主观联想所带来的。问题在于,这些负面价值的联想所发生的文化土壤是怎样的。

从更加细微的审视中可以看出,猫头鹰在外表上还有一些鲜明的特点,足以给人类带来另外一些不同寻常的联想。如体格健壮,上嘴弯曲像钩,尖锐锋利,嘴基被有蜡膜。西周的玉雕鸱鸮造型就特别突出它的长弯钩形的利嘴。它的一双眼睛最为引人注目,比其他鸟类都要圆而且大,眼的位置又都在面部的正前方,转动起来更显得灵动神奇,完全不同于其他禽鸟。这样的圆眼也成为远古的造型艺术家们能够非常精炼地把握住其特征的表现重心。从旧石器时代后期开始,猫头鹰的大圆眼就出现在人工刻画的石壁上了。

猫头鹰身上羽毛多呈褐色,其间或夹杂一些斑点,便于在暗色中隐蔽;它飞行时悄然无声,而所发出的叫声却是十分凄厉的。汉语"鸮"(xiao)和英语"owl"(猫头鹰)一词发音(ao)显然都有象声词的特质,直接来源于猫头鹰的鸣叫声。《鸱鸮》末节的用韵整体上就呼应着猫头鹰的叫声:"予羽谯谯,予尾翛翛,予室翘翘。风雨所漂摇,予维音哓哓!"《事物异名录》卷三十六"黄祸侯"条下引《本草经》:"鸮一名黄祸侯,声如小儿吹竽。"[①]这是对猫头鹰凄厉叫声的一种巧妙的形容。经过误解和迷信化过程以后,这种叫声很容易被当成阴间使者的勾魂之兆、不祥之兆。

在今人看来,由于猫头鹰以田鼠类为主要的食物,一夜之间一只猫头鹰就可以捕捉数十只田鼠,能够有效帮助农业生产,防止鼠害。它还捕食小鸟和一些大型昆虫,被视为人类的朋友、维持生态链的农林益鸟。有的种类头上具有显著的耳簇羽,脚粗壮而强,多数全部被羽,外趾能反转,弯

现代民间剪纸猫头鹰

---

① 厉荃、关槐:《事物异名录》,吴潇恒、张春龙点校,岳麓书社1991年版,第513页。

曲的利爪行动自如。据说全世界共有鸮类近180种,即便是生物学家也难以穷尽它们的细微差别及变化。其中较为多见的有:红角鸮、领角鸮、白雪鸮、纵纹胆小鸮,还有体型纤小的领鸺鸮、体型巨大的雕鸮、体色栗红的栗鸮、体形似鹰的鹰鸮等。猫头鹰的这些不同种类给各文化中的猫头鹰造型带来很大的伸缩性和多样性。从深远的史前时代起,猫头鹰就常常被艺术家们反复表现。其根本原因倒不是因为它们有助于农业生产,而是因为它们代表着超自然的神明。这种动物为什么会被先民们普遍地奉为神明?它们的神格和神性又是怎样的?为什么当初的神明化身会败落为后人普遍厌恶的"恶鸟"?

四、鸮神的妖魔化:从神圣女神到不孝恶鸟

20世纪的考古发现,特别是近几十年来国内各地的出土文物,是当年的国学大师如章太炎和王国维辈,重新解读经典并要求探讨华夏文明渊源的郭沫若和闻一多们都不可能见到的珍贵资料,其中蕴含着具有知识创新意义的重要契机。从世界范围的考古学证据看,史前宗教艺术集中表现的一大母题,往往与先民对禽鸟类的崇拜和神话有联系。而鹰与猫头鹰无疑是最普遍和最重要的崇拜对象。欧亚大陆史前考古的权威学者金芭塔斯认为:在今人熟知的父权制宗教产生以前,存在一种延续了近万年之久的女神宗教。猪、熊、蛙、鹰和猫头鹰都曾经充当女神的动物化身。[①] 像古希腊的雅典娜女神以猫头鹰为标志,绝非希腊人的想象发明,而是因袭着一万年传统的女神宗教信仰的表现模式。

---

① M. Gimbutas, *The Living Goddesses*, Berkeley: University of California Press, 1999, pp. 112-126.

雅典卫城的鸮女神　　　古埃及王陵的浮雕鸮

　　从整个欧亚大陆范围看，猫头鹰是最早受到史前初民普遍崇奉的神圣对象。早自10 000多年以前的旧石器时代后期，猫头鹰的神圣图像就已经被雕刻在坚硬的岩石上了。那就是西方考古学界闻名的"三雪鸮"浮雕造型。[①] 进入新石器时代以后，猫头鹰和鹰类同时成为最常见的圣鸟、神鸟，大量出现在各地出土的造型艺术中。在东亚和东北亚地区，情况也是大致一样的。从阿拉斯加、西伯利亚的爱斯基摩人到日本原住民阿伊努人那里，都有崇拜神圣猫头鹰的悠久传统。我们中国境内的情况也不例外。从北方的兴隆洼文化算起，从史前时代到夏商时代，崇拜神鸟和神圣鸱鸮的传统早在华夏成文历史开端之前就已经延续了约5000年。因为殷周革命所引发的意识形态大变革而终于导致这个神圣动物崇拜的传统难以为继。在仰韶文化、龙山文化、红山文化、石家河文化、马家窑文化和齐家文化中普遍敬奉为神圣女神化身的猫头鹰，在殷人那里依然保留着无比神圣性的神鸮，到了殷周制度变革之际，受到改朝换代新征服者和统治者的唾弃，遂引发这一场文化史上的断裂现象：我们迄今所能看到的文字文本几

---

① M. Gimbutas, *The Language of the Goddess*, San Francisco: Haper & Row, 1989, p. 191.

乎都是周代以降流传下来的,所以文献中所表现的猫头鹰(鸱鸮、鹏鸟)大都是反面的角色。由于有文字记载的历史的传承惯性,国人早已经熟悉了作为恶鸟、凶鸟和不孝鸟的猫头鹰,将文字流传之前的远古时代猫头鹰的神圣性完全遮蔽住和遗忘掉了。这就是《诗经·国风·豳风·鸱鸮》问世的深远大背景,也是我们还原和理解经典生成的基础。

仰韶文化陶鸮面
（陕西渭南市华州区出土）

鸱鸮在华夏文明史上是何时开始被妖魔化的?

早在阶级斗争说流行的20世纪70年代,有一位山东学者试图解开这个谜团。刘敦愿《中国古代有关枭类的好恶观及其演变》一文根据当时所见的有限的新材料提出了古人对待猫头鹰的态度上曾经有过一个根本转变,并且认为这个转变有一个相当漫长的过程。刘文指出:中国古代对动物的看法即好恶观不是一成不变的,而是会发生巨大变化。表现最明显的两种动物就是龟和枭。龟蒙受耻辱似乎不大重要,而枭却不同。原因是枭"较之龟类,所受歧视的时间更为长久。枭类是捕鼠能手,是一种益鸟,应加保护,反而横加摧残,因此,对于农业是很不利的。尽管这种古老的愚昧的迷信和成见,主要来自封建统治阶级的臆造和宣传,但其影响直至现代还有残余,在这方面继续开展科学普及工作,说明缘由,彻底地为它恢复名誉,仍有一定的现实意义"[①]。

刘敦愿的这种认识具有众人皆醉我独醒的性质,能够力排众议提出独到见解并且给予了当时而言较周全的论述和解说,是值得古文化研究界重视的。但是由于发表刊物较冷门等原因,基本上没有产生其应有的影响。至于将古人对待猫头鹰的态度区分为两类:统治阶级的臆造、诬陷与劳动人民的爱护云云,就不很严谨了,反映着其时代的意识形态局限。此外,刘

---

① 刘敦愿:《中国古代有关枭类的好恶观及其演变》,载《山东大学文科论文集刊》1979年第2期。

敦愿在文中为猫头鹰恢复名誉的考证，"重点在生物学史、农业科技史方面的探索，牵涉到其他领域（如宗教史的和艺术史的）问题，就只好从简"的做法，正好给后来者留下了探讨的空间。刘文提出：对待猛禽的态度，在商代晚期和西周初期，与后代一般的印象相反。对于夜禽的重视，远远超过了昼禽。枭类在受人崇拜的各种动物中居于颇受尊重的地位。至于商代以前的情况，当时能够看到的考古材料似乎仅有一个孤例："猛禽中的昼禽和夜禽，在中国新石器时代的陶塑艺术中，都有所表现。例如陕西华县（今陕西渭南市华州区）的仰韶文化遗物中，既有陶鸮鼎的发现，也见到对于枭的头部的描写，造型准确而生动，都是我国原始艺术中的珍品，至于有无宗教崇拜方面的意义，那就很难推测了。"①

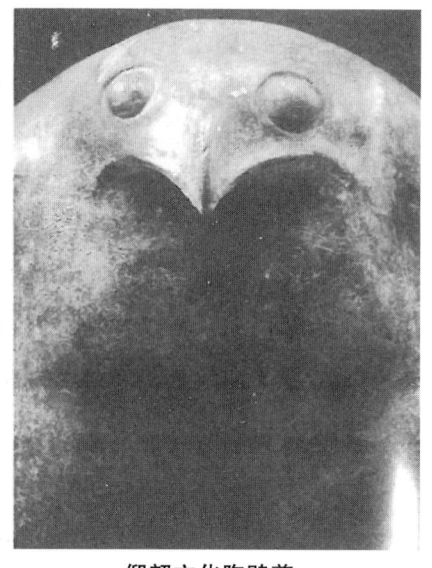

仰韶文化陶鸮尊
（陕西渭南市华州区出土）

这里提到的华县（今陕西渭南市华州区）出土陶鸮鼎，今天的考古学界多认为是鸮鼎；而且已经有了仰韶文化以外的众多的史前猫头鹰造型的新发现材料，如前文所例举。这就可以大大丰富我们对史前鸮女神崇拜的认识，并且充分估价猫头鹰在史前宗教信仰中的意义。在论及崇奉枭类形象之现象的衰落时，刘敦愿认为战国时代是个转折点：

> 西周和商代在文化上是紧密相承的，从青铜装饰纹样看，有关枭类的种种古老的宗教崇拜，在西周时期（尤其是它的初期）很可能继续存在着；但是从《诗经》中有关枭类的一些描写来看，除了表示其猛鸷而外，已没有什么神秘意味，甚至用以表示狠毒，

---

① 刘敦愿：《中国古代有关枭类的好恶观及其演变》，载《山东大学文科论文集刊》1979 年第 2 期。

颇有些不敬了。例如《豳风·鸱鸮》……《大雅·瞻卬》……①

文章中还说道:"从战国时期开始,枭类的地位被贬低起来。它被看作是'恶声之鸟',除了它的肉据说是一种美味(《庄子·齐物论》:'见弹而求鸮炙')而外,便一无可取了。"

另一位上古文化研究专家马承源则根据商周青铜器上的纹饰造型变化,提出是周代人开始不喜欢猫头鹰的。他在《商周青铜器纹饰综述》中提出:在诸多纹饰中,鸱鸮纹属极少数,表现的是战神,也就是蚩尤。② 他又指出:卜辞中也以鸱舊为战神,舊雈两字用法相同。雈是鸮的形象,其头顶为毛角,曰是声符,此字即已表明是枭。《卜辞通纂》别二东大五"丙午卜,宾贞,竖乙已其征,受雈又(佑)",受某佑之某,应为所贞卜问的神人。

马氏还认为,商代青铜器上鸱鸮的图像,"应看作是表示勇武的战神而赋予了避兵灾的魅力,这也是'铸鼎象物'之意,否则这种被以恶名的不孝鸟,没有理由作为崇拜对象。鸱鸮纹仅见于殷墟时期的青铜器上,至今还没有发现周器上有过这类纹饰。说明了周人和殷人对战神的崇敬是不相同的"③。

商代铜鸮尊

近年又有学者从更加激进的立场要求恢复猫头鹰作为商代图腾的地位,提出所谓生商的"玄鸟"并非燕子或者凤凰,就是鸱鸮即猫头鹰④。并且认为鸱枭地位的降低和最后被丑化是由于

---

① 刘敦愿:《中国古代有关枭类的好恶观及其演变》,载《山东大学文科论文集刊》1979年第2期。
② 上海博物馆青铜器研究组:《商周青铜器纹饰》,文物出版社1984年版,第12页。
③ 上海博物馆青铜器研究组:《商周青铜器纹饰》,文物出版社1984年版,第13页。
④ 常庆林:《殷商玉器收藏与研究》,蓝天出版社2004年版,第94—105页。"殷商玉玄鸟"一节论证玄鸟为鸱鸮。用其他考古材料论证同样观点的还有孙新周:《鸱鸮崇拜与华夏历史文明》,载《天津师范大学学报》(社会科学版)2004年第5期。

周人对前代敌对者的圣物采取亵渎和侮辱态度。不过,如果西周和东周的玉器中依然可以看到鸱枭形象的话①,这样的结论还需要重新考虑。战国时代到秦汉时代,仍然还有确切的图像学方面的材料表明鸱枭的正面神圣价值。

五、经典还原：祝祷仪式上的人神对话

《鸱鸮》的第一节类似于祝颂仪式上的祈祷之词：

> 鸱鸮鸱鸮,既取我子,无毁我室。恩斯勤斯,鬻子之闵斯。

诗所言鸱鸮具有取人生命和毁人房室的超自然能力,似乎不是指自然界的世俗之鸟,应该属于神灵世界中的重要一员。祈祷者的恳求祝颂之情,已经溢于言表。第二节则转换发言者,以鸱鸮神的口吻教训祈祷者云：

> 迨天之未阴雨,彻彼桑土,绸缪牖户。今女下民,或敢侮予？

从"今女下民"这样的措辞方式判断,显然是上界或者天界之神灵的口吻,不会是一只普通的母鸟所能说出的话。《鸱鸮》一诗之所以从古到今得不到确切的理解,主要原因在于猫头鹰的原始神圣地位随着文明进程的发展而逐渐被世人遗忘了。她作为大女神,主管夜间、阴间和冥府的功能还依稀有所记忆,所以成为死亡使者、索魂的凶禽,与主管光明和再生的凤凰在分工上完全对立起来。而凤凰的这种神圣职能原来就是从史前宗教与神话中的鸮女神那里分化出来的。"或敢侮予"这一句,正是对"取子"和"毁室"两事的原因说明:亵渎侮辱神明者必遭惩罚报应。这是神权

---

① 我国玉学界权威学者杨伯达主编《中国玉器全集》(河北美术出版社2003年版)一书就收录有1960年代在洛阳出土的西周墓葬中的玉雕鸱鸮形象。另外见于民间收藏品的西周玉鸮,则更为多见。参看王文浩、李红:《西周玉器》,蓝天出版社2006年版,第三章图版第1、2、3、4、6、8、9、10、11、17、22、23、24 25、26、27,皆为西周玉鸮。

时代的普遍观念,至今在民间仍然有不少信奉者。

《鸱鸮》篇的误读,根本原因来自一场巨大的文化断裂:源远流长的鸱鸮崇拜到了后代父权制社会完全中断并且失传。后人只知道猫头鹰是不祥之兆,视之为凶鸟,而不知道它也是神圣女神的重要化身——兼司死亡与再生的命运之神。所以在汉语记载下来的早期文本文献中,猫头鹰总是遭遇普遍的片面化曲解;《鸱鸮》的齐说中还保留着通过猫头鹰来领悟吉凶祸福的意思,也就是说还多少带有原初的超自然背景的意蕴。到了贾谊作《鹏鸟赋》,猫头鹰作为命运女神代言者的身份依然如故,但是赋中"野鸟入室,主人将去"一句更被后人误解为恶谶,以至人们产生一谈到猫头鹰就变色的过激过敏反应。反过来看各种文

齐家文化鸮面罐

物图像中的鸱枭,则会得到全然不同的印象:陕西华县(今渭南市华州区)出土仰韶文化巨型陶鸮鼎,甘肃、青海马家窑文化和齐家文化的鸮面陶罐;到长江流域石家河文化的陶鸮塑像,山东龙山文化日照两城镇出土玉锛上的鸮形雕刻;再到西辽河流域红山文化出土的大量玉鸮、绿松石鸮。显然,初民们不是在随意地表现他们心目中的尊神。

进入殷商时代以后,鸮神的身影非但没有隐退而去,反而更加突出而广泛地出现在玉器、石器和青铜器等多种材料的艺术品上。仅殷墟妇好墓一地,就出土有玉鸮、鸮形玉梳、鸮形玉调色盘,以及著名的国宝级文物——青铜鸮尊。而同墓中也出土了凤鸟形玉佩。妇好是商代著名的女将军,她的陪葬器物中多见鸱鸮形象,正好表明当时还沿袭着猫头鹰为女神化身的信念。这种信念虽然随着父权社会的发展而日渐淡漠,但传统

红山文化圆雕玉鸮

的力量依然要发挥作用,不会马上绝迹于世。《大雅·瞻卬》所云"懿厥哲妇,如枭如鸱",还是把智慧女人比作猫头鹰。用意虽然是在宣扬男权话语中的女人祸水论,但仍呼应着古希腊智慧女神雅典娜的象征化身猫头鹰。

综观鸮与凤这两种神圣禽鸟的流行过程,可以说是猫头鹰崇拜在先,凤凰崇拜在后,呈现为此消彼长的演变态势。大致说来,在距今五六千年的红山文化时期,猫头鹰是占据着和猪龙、熊龙同样地位的至高神圣偶像。这可以从玉鸮的存在普及程度和发现数量上得到清楚的判断。而此时,凤还处于它的发生期,偶尔一见,造型还不是很明确。以红山文化的核心地区和命名地内蒙古赤峰地区各旗县博物馆和文物管理所收藏的发掘出土动物玉雕像为例,作为赤峰文物精华而新近出版的《红山玉器》一书,总共划分出三大类动物形器,即玉龙、鸥鸮、蝉蚕。① 其中尚未收录一件玉凤。而该书里唯一一件凤形器既非玉制,也非出土物,是来自民间捐赠的陶凤杯,断代为赵宝沟文化。这件孤零零的新石器时代的陶制凤形器被无奈地划分到"鸥鸮"类,排在多件玉鸮阵容的最后面②。让人难免有"宁为鸡首,不为鸮后"的感叹。当时人对这两种禽鸟的厚此薄彼情况,倒是真实地应验了凤凰独尊为百鸟之王后人们惯常说的一句修辞反话:凤凰窜伏,鸥鸮翱翔。从新石器时代到商周之际,与四方风神的神话观念相对应的凤的形象开始流行。春秋战国时代的造型艺术和汉代的画像石及建筑瓦当上,仍然常常见到鸥鸮的各种表现。不过这时猫头鹰那种原始的超自然身份已经不再明确,艺术家们的

妇好墓鸮尊

---

① 于建设:《红山玉器》,远方出版社2004年版,第93—114、115—124、125—144页。
② 于建设:《红山玉器》,远方出版社2004年版,第123页图片。

造型大抵是在因袭古老的传统而已。与此形成对照,虚构的飞禽凤凰的地位则与日俱增,最终彻底压倒了猫头鹰,成为唯一吉祥而神圣的大鸟,乃至百鸟之长。

通过对神话动物及相关观念的还原性研究,可以把从6000—5000年前至3000年前这一段中国文明的催生期内,先民们关于死后世界观、阴间地狱想象的一些情况线索,特别是其主要的动物象征,重新梳理和建构出来。就现有的发掘实物看,北方史前墓葬中所用代表永生之神的动物形玉器,除了玉猪龙或熊龙①以外,就属鹰鸮类最为多见。这些神话动物都是作为生育、生命再生女神的化身而出现的。从文化功能上看,后代作为不死鸟和再生象征

红山文化鸮神

的凤凰,显然是以史前普遍崇拜的鸱鸮为一个重要原型的。敦煌壁画中的鸮凤,应该是这两种表面上代表相反价值的飞禽之间在发生学上的内在联系的生动再现。

自红山文化、仰韶文化到殷商文化中普遍存在的陪葬各种猫头鹰形象的习俗,十分引人注目。它已经不是个别的特例,而是具有相当普遍性的现象,在空间分布上相当广阔,在时间上也延续了几十个世纪,几乎到了不容忽视的地步。即使在周灭商以后的历朝历代,猫头鹰在书写的文献之中形象受损,背上了"恶"名,但是出土和传世的各种器物造型中的猫头鹰形象却威风不减当年,形成与恶鸟说完全对立的另一种神圣传统,延续至今,不绝如缕。可惜的是,国内的考古学、艺术史研究者要么对此视而不见,要么只是描述零星现象,没有系统的和"所以然"层面的解释。现在根据人类学的跨文化大视野所提供的第三重证据层面,尝试揭开自中国文明孕育发生期延续了数千年的猫头鹰崇拜的文化意蕴所在。

---

① 参看叶舒宪:《"猪龙"与"熊龙"——"中国维纳斯"与龙之原型的艺术人类学通观》,载《文艺研究》2006年第4期。

同考古学家发掘"失落的文明"相对应,我们通过文物和比较对远古观念中的猫头鹰崇拜的这种复原、钩沉研究具有知识考古的性质,它要阐发的是一种"失落了的信仰"。猫头鹰之所以能够"既取我子",正因为它充当的是死亡与阴间女神的化身。

象征学家汉斯·比德曼指出:猫头鹰夜间活动的习性("鬼祟")、独来独往的生活方式、悄没无声的飞行以及绝望痛苦的叫声("胆怯""死亡的前兆")使它久而久之成为拒绝精神之光,甚至是耶稣基督身处"炼狱般的死亡之夜"的象征。犹太教中的女魔莉丽丝(Lilith)以猫头鹰为伴,印度教中可怕的黑暗女神德格(Durga)则以猫头鹰为坐骑,而玛雅人的死神哈恩汉(Hunhan)的面目酷似猫头鹰。①

战国鸮壶(四川青川县出土)

和猫头鹰一样在夜间活动的猫,也是古代人心目中的阴性、雌性生物,因而也同样有多种和黑暗、阴间地狱、死亡相关的联想,在后代也同样被当作不吉利的象征。比如说:"猫能在漆黑中捕食,使人相信它是黑暗力量的盟友,与淫荡和残忍有关,并高过所有女巫中的'精灵',黑猫也是女巫们赶赴聚会的重要坐骑。直到今天,迷信的人还相信黑猫会带来倒运。"下面这些话说的是黑夜动物猫,从类比逻辑看也同样适合黑夜猛禽猫头鹰:"一些心理学家认为猫是'典型的雌性动物',属于黑夜,'而女人,我们知道,更依赖黑暗,即比男人更依赖本能,而本能不过是男人心灵中较低级的部分'。我们注意到很多文化对猫评价不高,这有可能源于社会对女性所抱有的敌意。"②我们在古汉语词汇中看到枭类异名常与女性相关的现象,就此可以得到阴阳宇宙论方面的整合性解释。

詹姆斯·霍尔从比较文化的立场指出:猫头鹰很早以前就是一种预示

---

① 汉斯·比德曼:《世界文化象征辞典》,刘玉红等译,漓江出版社1999年版,第213页。
② 汉斯·比德曼:《世界文化象征辞典》,刘玉红等译,漓江出版社1999年版,第212—213页。

不祥与死亡的鸟。公元前2000年代早期，苏美尔人的浮雕中死神夜妖的形象，就具有许多猫头鹰的特征。中国人和日本人认为猫头鹰预示死亡，从它啄瞎生母的眼睛这一说法，又象征子女的不孝。在印度它象征地府之神阎魔王。在西方，伊特鲁里亚人曾把奴隶和俘虏献给枭神。它如何与雅典娜米涅瓦联系起来不得而知，但却通过她获得了智慧的美名。在文艺复兴寓言中，它象征拟人化的夜晚和睡眠。① 夜晚、阴性、死亡这些单一的负面价值就这样成了猫头鹰文化联想的特性。除了一些表示女神和智慧的场合，人死后的去处——墓葬，也是各种鸱枭形象惯常出现的地方。这样的判断可用《诗经·陈风·墓门》的如下诗句来支持："墓门有梅，有鸮萃止。"

艾利雅得在《宗教思想史》第一卷讲到史前宗教观念发生的起点性标志时，把旧石器时代人的埋葬习俗作为巫术—宗教行为开端的明确证据，探讨了丧葬行为具有的象征意蕴。他指出，早在公元前7万年到5万年间的莫斯特时期，就出现了明显的埋葬习俗。对死去的人实行这种特殊的安置，至少可以表明一种朦胧的关于死后世界的观念开始支配着丧葬行为。② 艾利雅得在《比较宗教学模式》中讨论"月亮与死亡"的一节中，根据田野资料指出，初民较为普遍地信奉着与我们不同的死亡观：死亡不是生命的对立面，不是生命的终止；死亡属于"生命"的另外一种形式。初民最先从月亮的圆缺周期变化上看到这一点，然后又在进入农业社会后，从一岁一枯荣的周期变化的土地再度认识到这一点。而且农业民族也总是把月亮和土地看成是相互关联的。月亮和大地的周期变化证明了关于"死中的生命"这样一种观念，并且赋予该观念充分的意义。于是，死者要么去月亮，要么就去地下世界，以求再生和汲取获得新的生存所需的能量。③ 根据这样的信念，死亡是新生或者再生的准备，那么死亡女神兼为复活女

---

① 霍尔：《东西方图形艺术象征词典》，韩巍译，中国青年出版社2000年版，第65—66页。
② Mircea Eliade, *A History of Religious Ideas*, vol. 1, translated by W. R. Trask, The University of Chicago Press, 1978. p. 9.
③ Mircea Eliade, *Patterns in Comparative Religion*, translated by R. Sheed, Lodon: Sheed and Ward, 1958, p. 171.

神的道理就容易理解了。史前信仰到了文明社会中逐渐失传,死亡女神与复活女神终于分离开来。这也就是在上古中国出现的鸱鸮与凤凰分家的深层动力。再生复活的神秘能量被归给了所谓不死鸟——凤凰;鸱鸮就只能单独代表死亡的召唤了。恋生恶死的观念一旦取代生死转化观念,在大众心目中,代表死的猫头鹰就自然变成"恶"的象征。这样看来,神鸟变恶鸟的秘密大致可以在文化断裂的动态视野中得到冰释。

爱斯基摩石雕:魔力猫头鹰

在某种信仰支配下,对死者的关注有时是为了保护活人的利益。请看下面的专家见解:

> 所有这些安置尸体和照顾尸体的方法,并非单纯是关心死者福利所引起的,而是害怕那些由于死亡的"偶然事件"被排除于社会生活以外的人,从他们"伪装"为无能为力的状态下设法回来,以恐吓或伤害那些比他们命长的人。从史前时期到文明时期,关于死人会出于嫉妒而报复的观念,像一根红线贯串于所有人类葬俗之中。塔斯马尼亚人在坟墓的土上压着石头,埃及人给木乃伊带上足镣,我们今天棺材上钉着铁钉,都起源于这个间歇

发作的恐怖。①

日本汉学家白川静《甲骨文的世界》讲到殷商祭祀礼仪的观念基础,有"祖灵的畏惧"一节:

> 所谓祭祀,一般来说不外是人对神灵奉献殷勤,希求免除神灵作祟之忧惧的一种表现。其实尽管人们通过种种祭仪来祓除时空上一切的不祥,却仍抹不去那忧惧的心理。②

卜辞中有许多先王先妣祖灵作祟的例子。为了安抚死者之灵,需要有代表强大的超自然力量的中介者来引领、照管和监控。那么,下到阴间的死者是由谁来引领呢?有资料表明,猫头鹰充当了责无旁贷的类似于阳世间的萨满—巫师的义务。德国人类学者利普斯在《事物的起源》中说:

> 一个人死后永远地灵魂离开身体,时常是因为有邪恶的巫师把它赶走。因此,农业社会中经常要寻找出造成死亡的罪犯。死者灵魂仍然在身体附近徘徊,特别在埋葬之前是这样,仅仅在第二次埋葬即肉已朽烂时举行的最后一次埋葬之后,灵魂才旅行到神为死者而设的地方去。常常有从"外界"来的灵魂,象"接待委员会"那样,把新来的居住者安全地引入"未来"之地。如阿佩切人死者会遇到猫头鹰,由它携带亡灵到快乐的狩猎地带。③

具有超常的夜视能力的猫头鹰充任陌生的另一世界中的接待者和导游者,真是再合适不过的。如果说面具是死者灵魂的象征性代表,足以寄托和转化超自然的法术力量,那么对史前墓葬中那些陶制或玉制的鸮面形

---

① 利普斯:《事物的起源》,汪宁生译,四川民族出版社,1982 年,第 387—388 页。
② 白川静:《甲骨文的世界:古殷王朝的缔构》,台北巨流图书公司 1977 年版,第 83 页。
③ 利普斯:《事物的起源》,汪宁生译,四川民族出版社 1982 年版,第 395 页。

象或鸮形器物的实际功能,我们也就能够给予合理的解读:其中蕴含着超人的智慧能力与超人的生命再生能量。

有了这样的知识考古学的重新认识,回过来再看那些代神立言的鸱鸮—鹏鸟模式的文学表达形式,我们的理解自然会不同于前人。可以说上古出现的此类人神对话模式直接来源于祭祀祈祷仪式活动。神圣仪式对话背景的淡化和消隐,成就了后人所谓寓言诗或者禽言诗的新理解。不过从"今女下民"的居高临下口吻、教导内容看,"禽言"表象背后的神意还是相当清晰可辨的。不虔诚的人对来自神坛的声音也许会充耳不闻,但这声音对于小心尊奉仪式规范的虔诚者则可以有大音希声的神奇效果。

还原为仪式上的神人对话,《鸱鸮》的四章结构就呈现为两两相对的状态:第一章为祈祷者之歌,故以直呼鸮神的恳求口吻开篇;第二章为鸮神的答词,所以有居高临下的口吻;第三章又是祷告者之辞;第四章又转为鸮神吟唱:以模拟鸱鸮叫声的象声谐音方式再度表明神圣身份。

殷墟青铜器上的神鸮

总结本章的讨论,史前源远流长的猫头鹰女神信仰在商周以后的中断和失传,是造成《诗经》的《鸱鸮》篇文化误读的主因。由于生死转化的远古神话信念被生死对立的后代理性观念所取代,死而复活女神的文化功能被转移到了新崛起的虚构动物凤凰身上,鸱鸮就沦落为单一的死神使者,与复活、再生的神话联想彻底脱离了关系,成为后人心目中的不祥之兆,从而背上了"恶鸟""不孝鸟"的种种罪名。汉代《诗经》注疏家们戴着价值判断的有色眼镜对《鸱鸮》的解读,使他们不知不觉中成为中国文化史上两千年来猫头鹰蒙冤案的直接责任人。只有借助于20世纪以来考古学和玉学界的大量新材料,我们才能够有效地重新全盘审视这宗冤案错案,恢复文学经典背后的历史文化语境,还猫头鹰至圣之女神的本来面目。

第四章　身体的神话与神话的身体

当今流行的"身体写作"可以看成古老的身体神话在现代的复活。神话想象一开始就离不开身体想象。如排尿的生理要求通过梦幻转化为洪水神话。又如创世神话中,有一种天父地母或者原始夫妇神生育万物的类型,其基础观念就是把宇宙及万物的产生认同为两性的性器之功能。其幻想的发生原理在于,人类用自己的身体行为为坐标,把整个宇宙都身体化了。这种天父地母型神话可以说是一切身体写作和身体创造的总根源。

生活在现代性确立的时代,我们的身体得益于现代性又受害于现代性。这是我们的宿命。和文明以前的部落社会相比,今人的寿命肯定是增加了,但是今人的身体所承受的种种压迫,所面对的频繁的威胁和折磨也无数倍地增多了。从人体炸弹到艾滋病病毒和SARS,都是我们必须面对的现代性身体神话。

一、想象与创作的生理根源

我们的文学理论与批评,在20世纪70年代,依然是唯物主义反映论的一统天下;到了80年代,一统的格局被打破,非常热烈地兴起了"主体论";90年代以来再度出新,主体论迅速衰落,取而代之并且最为流行时尚的是"身体论"了!不论你对这些观点是赞同还是反对,你首先必须承认:文学创作与文学批评的变化非常有代表性地体现着世风——世道人心的变化以及知识氛围的变化。

现代大众传媒的本质决定了它必然追逐时尚。然而引领时尚的专业人士都非常清楚,时尚是以追新和怀旧的轮回形式不断循环运动着的。不仅大红大绿的"唐装"是重复表现古已有之的服饰风格,就连最新潮的什么"三点式"和"吊带式"女装也是早自两千年前就流行过的。只要你去罗马的国家博物馆里看看罗马帝国时代的壁画,对此就会有深刻的印象了。

如果参照弗莱的文学循环论:文学始于古代神话,经历了中古的传奇阶段和近代的模仿现实的阶段,到了当代又重新返回神话阶段了。像《荒原》和《尤利西斯》这样的作品,都是20世纪文学写作中神话复兴的样板。同样道理,"身体写作"或"下半身写作"这些最新潮的现象,当然也可以换个角度理解为自神话时代就早已有之的古老因子的复活或再造。

弗莱在其晚年著作《神力的语言——"圣经与文学"研究续编》中指出:"诗歌想象力涉及人类首要关切的问题,并将这些问题分为4类:(1)关切身体的健全(如呼吸、饮食);(2)关于性生活满足或受挫的关切;(3)关切财产或权力,如金钱和所辖机构;(4)关切行动的自由。"[①]这里所列举的文学想象的四个关注点的前两个,可以说都是对身体的关注。下文拟从精神分析派的文学观入手,考察一下初民时代的创作是怎样一种"身体想象"的情况。

藏医的人体解剖图
(2005年7月摄于甘肃拉卜楞寺)

---

① 诺思洛普·弗莱:《神力的语言》,吴持哲译,社会科学文献出版社2004年版,第205页。

二、身体的神话：洪水与膀胱

吉泽·若海姆，20世纪精神分析人类学派的领军人物，就顺着弗洛伊德开辟的思路从身体的生理需求方面着眼考察神话叙事的内在动力，提出了洪水神话的膀胱起源理论。

他举出的第一个例子是美拉尼西亚的新海不里地岛民神话：

> 塔布珂是一位妇女，蒂利和塔瑞是她的两个儿子。他们在一个圣泉旁边开辟土地，居住下来。当儿子工作时，她为他们造饭。他们觉得母亲做的饭味道古怪，于是其中的一位便决定留下来偷看做饭的情景。他看到母亲向食物中尿尿，而把海水放入自己吃的食物中。后来两个儿子采用偷梁换柱的手法吃了母亲的食物，这使母亲恼怒，将定海用的石柱摇倒，海水漫上岸，洪流滔天，这便是海洋的起源。

比尤因讲述的一个故事与此相近似，但更明确交代了母亲身份的原始性：

非洲艺术夸张的身体

阿托托是最初的女人,她有孩子却没有丈夫。她的儿子名叫古贵,女儿名字不详。儿子娶了妹妹做妻并且生了许多孩子。在那个时代以前,世界上没有水。人们烧芋头吃,但不能煮。阿托托在一口大锅里尿上尿,然后煮了芋头给儿子吃。后来她改变了方式,在床下的一个洞中储备好尿水,随时可以取用于烹饪。有一天儿子无意中回家,发现了这个秘密。他气愤之下就打了他的母亲,还打碎所有盛尿水用的器皿,尿水流出而泛滥成灾,淹没了大地。这就是海洋的由来。[①]

若海姆指出,人类出于生理和心理需求而产生的一些基本性的梦幻均有可能转化为社会群体所共享的神话。排尿的生理需求当然也会通过梦境得以释放,由此而构成某种梦的类型,比如把尿向外空间排放,生成湖泊、河流或者海洋。"在那些结合了火与水两种元素的梦中,排尿的意义是相当明确的。做此类梦的人处在矛盾之中,他们把尿液一类形象投射出来,以此来延长梦境,推迟醒来的时间。这些梦境显然发生在浅睡眠中,即醒来之前的时刻。更有趣的是,他们往往试图将膀胱的压迫感转变为性欲的图景(如男人早晨的勃起现象),或者转变为诞生和播散的图景。"

毫无疑问,面对精神分析人类学派的开宗立派者的这些大胆立论,习惯于从故事层面理解神话传说的一般读者,首先会感到吃惊。再验证于他本人引述的一大批神话素材,虽然不能说他没有一点过度阐释的偏执——如同他的老师弗洛伊德那样,但还是要承认他拥有敏锐而独到的眼光。换言之,我们即使目前还不能用临床仪器的手段证实洪水神话的想象与膀胱运动直接相关,但也无法证实他的阐释力就完全错了方向。其实,就连生理和心理的划分也不是截然的,而是相对的。因此,如果我们熟悉了神话宇宙观如何习惯于在大小宇宙之间建立对应和类比的关系[②],就不能排除

---

① 吉泽·若海姆:《作为膀胱之梦的洪水神话》,见阿兰、邓迪斯编:《洪水神话》,加州大学出版社1988年版,第152—153页。
② 参看叶舒宪:《庄子的文化解析》第三章第四节"中央的生物学意义和宇宙论意义",第五章"返胎与复朴",湖北人民出版社1997年版。

神话想象的人体小宇宙中的液体运动与大宇宙中的液体运动之间的相关性了。尽管如此,洪水神话的世界性分布表明了它存在的普遍性,而若海姆论证他的观点时选择的神话材料却是局部性的,也就是多与尿相关的。根据局部的这一类神话去推断说一切洪水神话都出于膀胱压迫感的向外释放,显然会有以偏概全的失误。

如果用一句话概括精神分析人类学派的学术思考特质,那就是从活人入手理解文化,从文学—文化现象背后的生理—心理结构上去寻求一种超越表面现象的深层解释。在这样的解释下,创作—写作这样的文学现象同时也是人类身体的现象,作品则是身体的生理—心理反应的语言文本投射物。

进一步的分析还可以看出,洪水神话在解释洪水来源的时候,或以为大水来自降雨,或以为大水来自于撒尿。前者基于人对客观自然现象的经验观察,后者基于人的主观类比。而在主客未分的神话思维时代,二者之间的区别仅仅是相对的。也就是说,降雨和撒尿这两种意象在神话想象里完全是相通的,因而也是可以互为比喻和相互置换的。置换的逻辑依据就在于隐喻类比:可以把降雨这种自然现象隐喻表达为老天爷撒尿!也可以

诺亚方舟(2003年11月摄于阿姆斯特丹人类学博物馆)

反过来,把个体的排尿行为比喻成小规模的人工降雨。拟人化的神话世界观不仅不会在这两者之间设置截然有别的界限,而且还会通过自发的类比运作不断催生出同类的幻想叙事。

一旦我们找到了降雨发洪水和撒尿发洪水的表层叙述背后的深层隐喻对应,那么,对洪水神话的自然论解释与精神分析解释之间的张力也就相应得到缓解了。从人类神话思维机制这一更高的视点去审视神话学中的两派争执,或许就能从矛盾对立的表象中看到统一的实质。其实,早在科学理性取代神话思维而确立对事物的自然原因的解释倾向之际,两种解释的争执就已经存在了。我们在古希腊剧作家阿里斯托芬的《云》这部著名喜剧作品中,就看到降雨与撒尿之争的原初情形。争论的双方是代表新兴的理性精神的哲学导师苏格拉底和神话思维的继承者斯瑞西阿德斯。

三、神话的身体:宇宙与性器

在世界各地流传的古老的创世神话中,有一种天父地母或者原始夫妇神生育万物的神话类型,比较神话学家概括归类为"世界父母型"。这一类型的基础观念就是把宇宙及万物的产生认同为两性的性器之功能。其幻想的发生原理在于,人类用自己的身体行为为坐标,把整个宇宙都身体化了。这种天父地母型神话可以说是一切身体写作和身体创造的总根源,也是中国阴阳哲学与印度性力派哲学的远古思想源头。从《周易》的系辞到白行简的《天地阴阳交欢大乐赋》,都可看到这种思维方式的体现:

> 夫性命者,人之本;嗜欲者,人之利。本存利资,莫甚乎衣食。既足,莫远乎欢娱。至精,极乎夫妇之道,合乎男女之情。情所知,莫甚交接(原注:交接者,夫妇行阴阳之道)。其馀官爵功名,实人情之衰也。夫造构已为群伦之肇、造化之端。天地交接而覆载均,男女交接而阴阳顺,故仲尼称婚姻之大,诗人著《螽斯》之篇。考本寻根,不离此也。遂想男女之志,形貌妍媸之类。缘情立仪,因象取意,隐伪变机,无不尽有。难字异名,并随音注,始自

童稚之岁,卒乎人事之终。虽则猥谈,理标佳境。具人之所乐,莫乐于此,所以名《大乐赋》。至于俚俗音号,辄无隐讳焉。惟迎笑于一时,□□惟素雅,□□□□,赋曰:

玄化初辟,洪炉耀奇,铄劲成雄,熔柔制雌。铸男女之两体,范阴阳之二仪。观其男之性,既禀刚而立矩,女之质,亦叶顺而成规。夫怀抱之时,总角之始;虫带米囊,花含玉蕊。忽皮开而头露(原注:男也),俄肉伍而突起(原注:女也),时迁岁改,生戢戢之乌毛(原注:男也);日往月来,流涓涓之红水(原注:女也)。既而男已羁冠,女当笄年,温柔之容似玉,娇羞之貌如仙。英威灿烂,绮态婵娟;素手雪净,粉颈花团。睹昂藏之才,已知挺秀;见窈窕之质,渐觉呈妍。草木芳丽,云水容裔;嫩叶絮花,香风绕砌。燕接翼想於男,分寸心为万计。

黑格尔当年就在《美学》中批评古印度的万物起源神话,认为其"基本观念不是精神创造的观念,而经常复现的是自然生殖的描绘……这些描绘简直要搅乱我们的羞耻感,因为其中不顾羞耻的情况达到了极端,肉感的泛滥也达到了难以置信的程度"[①]。

他举出的例子是《罗摩衍那》中的乌玛故事。乌玛女神完成了苦修之后,和大神湿婆结婚,生下一些不长草木的荒山。湿婆和乌玛交媾,一次就达一百

近东新石器时代身体的性器化偶像

年之久,中间从不间断,使得众神对湿婆的生殖力感到惊惧,替将来的婴儿担忧,就央求湿婆把他的生殖力(精液)倾泻到大地上去。英语翻译者没有敢照字面把这段话译出,因为这段描绘把一切贞洁和羞耻都抛到九霄云

---

① 黑格尔:《美学》(第二卷),朱光潜译,商务印书馆2011年版,第56—57页。

外了。湿婆听从了众神的央求,不再进行生殖,以免破坏了整个宇宙,就把精液倾泻到地上;经过火炼之后,这堆精液就长成了白山,把印度和鞑靼隔开。乌玛对此勃然大怒,就诅咒世间一切当丈夫的。黑格尔对此的评价是:这些故事往往是些离奇可怕的画面,对我们的想象和理解而言简直是引起反感的!

黑格尔还提到其他民族的神谱,如斯堪的那维亚的和希腊的,认为也和印度的相类似。在这些神谱里主要的范畴都是生殖,但是其他民族的神谱不像印度的那样放荡恣肆,在塑造形象方面那样随意任性,不顾体统。他又举出赫西阿德《神谱》作为对照,说:"赫西阿德的神谱从混沌神、黑暗神、爱神和地神开始,地神单靠她自己就产生了天神,于是和天神交配,产生了山岳河海,等等……地神于是怂恿克罗那斯把天神的生殖器阉掉,血流到地上,就产生了复仇女神们和巨人们。阉掉的生殖器落到海里,从海沫里就生出女爱神阿弗洛狄特。这一切都是很清楚,很融贯一致,而且不限于纯自然神的体系。"[①]同样讲到身体与性器官的神话,黑格尔却厚此而薄彼,显然他没有从比较神话学的规则上把握神话身体在创生中的功能。

新几内亚神话宇宙图

---

① 黑格尔:《美学》(第二卷),朱光潜译,商务印书馆2011年版,第58—59页。

经过20世纪的人类学田野考察,我们看到了比一切记录为文本的文明社会神话更加古朴的初民口传神话,对于了解神话的身体观提供了非常宝贵的线索。如台湾泰雅族的神话说:太古开辟之初,有一柱男神与二柱女神降临至台湾中心最高峻大山的绝顶千印岩上。结果其岩裂开而成八寻殿,将此地命名为Pinshippekan(祖先之地),而男女神遂居于此。一日,男神觉得已有根基,可生子孙,女神报以微笑,但二神实验各种方法,目目相合,口口相合,仍未得其解,适一苍蝇停在女神私处,因此便得知夫妇之道,不久便生下数子,此为人类的祖先。① 台湾鲁凯族的一则关于女性身体的神话说:古时候女阴长在额头,月经来时会沾到脸上,所以把它移到颈;要交欢的时候找不到,所以把它移到脚踝上;走路时会碰到泥土和草,所以又移到后脚弯;但又会被草刺,便移到了股间;如此一来便长出了牙齿,使得一结婚丈夫就死了。最后让女性喝了酒,从女阴拔出了牙齿,因此人口繁殖迅速。②

按照这个神话,人类女性身体特有的生理构造并不是天经地义的。现在的身体的形成是在生活实践中经过不断的改进和变化的结果。

四、现代性风险中的身体神话

我们生活在现代性确立与展开的时代,然而我们却必须面对前所未有的身体神话:

30年前的艾滋病病毒至今还没有找到对付的办法,而肝炎病毒的种类已经从甲乙丙丁,扩大到了戊己庚辛近十种之多。其中治疗使用的生化药物所催生的变异起到了推波助澜的作用。我们目前根本无从知道,SARS以后袭击人类的将是什么新的未知怪病。从2003年春的飞沫恐惧,到2004年春的"一地鸡毛",我们与时俱进地熟悉着围绕身体的层出不穷

---

① 尹建中:《台湾山胞各族传统神话故事与传说文献编纂研究》,台湾大学人类学系印行1994年版,第69页。
② 尹建中:《台湾山胞各族传统神话故事与传说文献编纂研究》,台湾大学人类学系印行1994年版,第277页。

的新主题词:隔离,消毒,"扑杀"!但是可以肯定的是,新的病毒和细菌正在随着人类与生物世界关系的改变而加速度地产生出来。就连世界体系论的代表人物华勒斯坦也预言说,现存的世界资本主义体系将在20年内毁灭于生物灾难。

不论是B52轰炸机的超重磅炸弹,还是微小的冠状病毒,其威胁的首要目标都是人的身体。福柯在《规训与惩罚》中写道:"历史学家早就开始撰写肉体的历史。他们研究了历史人口学或病理学领域里的肉体;他们把肉体看作是需求和欲望之源,心理变化和新陈代谢之所,细菌和病毒的侵害目标;他们揭示了历史进程在多大程度上涉及似乎纯粹生物学意义上的生存基础,在社会史中,诸如杆菌的传播或寿命的延长这类生物学'事实'应占有何种地位(参见 Le Roy-Laturie)。但是,肉体也直接卷入某种政治领域;权力关系直接控制它,干预它,给它打上标记,训练它,折磨它,强迫它完成某些任务、表现某些仪式和发出某些信号。"[①]如果和文明以前的部

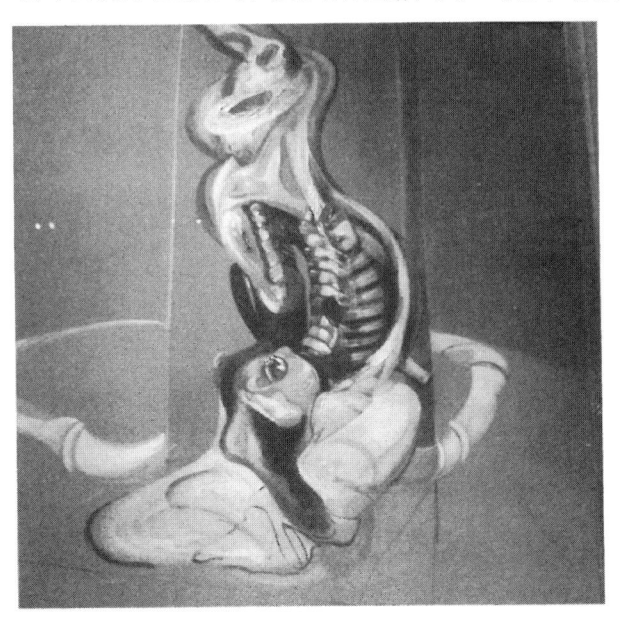

培根画的分解人体(2003年12月摄于维也纳艺术史博物馆)

[①] 福柯:《规训与惩罚:监狱的诞生》,刘北成、杨远婴译,生活·读书·新知三联书店1999年版,第27页。

落社会相比,今人的寿命肯定是增加了,但是今人的身体所承受的种种压迫、所面对的频繁的威胁和可怕的折磨也无数倍地增多了。人体炸弹和病毒是当下最难防备的隐患。

最可悲的是,当今天的人们从传媒上看了太多太多身体炸弹的惨剧,他们已经无法分清神话与现实的差异和界限,甚至会司空见惯而不以为奇。电子游戏中的身体杀戮也变本加厉地助长了现代的身体神话。"神"自己正在变"身",成为恶兽!虔诚的有神论信仰者们,在经历了奥斯威辛之后,通常的反应是丧失了虔诚,因为他们丧失了可以凭信的精神支柱:

> 假如这个神是全能的,他应能防止大屠杀的发生;假如他不能防止它的发生,他便是无能而且无用;假如他能而不愿如此做,那么他就是个怪兽。①

---

① 阿姆斯特朗:《神的历史》,蔡昌雄译,海南出版社 2001 年版,第 425 页。

第五章　神话如何重述？

如何理解当代文化中的神话复兴现象？我们长久以来习惯于把神话看作语言文学的一种形式。其实神话也是人类文化记忆的根本，其文化资源价值只是到了反思现代性弊端的后现代思潮的时代才逐渐为人们所认识、所珍惜。

一、重述神话的理由

"重述神话"是21世纪以来国际出版界最热闹的一幕：30个以上的国家的知名出版社联合组织各国小说大家——其中既有诺贝尔奖获得者，也有不少获诺贝尔奖提名者——以及畅销书作家参与"重述神话"，然后互相翻译为几十种文字在全球同时推出。对这样一种类似命题作文式的有跨国组织的文学写作运动，多数人都会看成是纯商业炒作行为。当重庆出版社获准加盟，苏童入选为中国重述汉族神话的签约作家时，文化人和专家们还表现出相当的沉默。然而，如果对当代文学和影视中的新神话主义潮流有所感悟，理解了神话如何从19世纪时的"人类童年幻想"置换为今天可以跨文化而分享的无比深厚的"文化资本"，那么就能透过炒作，期待各国诸神重新降临的盛景了。有眼光的出版家已经预感到一个空前的世纪品牌即将诞生。

19世纪是西方理性宣布神话消亡的世纪,而20世纪则是神话全面复兴的世纪。历史的反讽就是这样让人始料不及。150年前,马克思在《〈政治经济学批判〉导言》中以诗意的笔法告诉人们,神话时代已经一去不返了:"成为希腊人的幻想的基础、从而成为希腊[艺术]的基础的那种对自然的观点和对社会关系的观点,能够同走锭精纺机、铁道、机车和电报并存吗?在罗伯茨公司面前,武尔坎(火神)又在哪里?在避雷针面前,丘必特(雷神)又在哪里?在动产信用公司面前,海尔梅斯(神使)又在哪里?任何神话都是用想象和借助想象以征服自然力,支配自然力,把自然力加以形象化;因而,随着这些自然力实际上被支配,神话也就消失了。"①

藏传佛教神物(摄于甘肃拉卜楞寺)

---

① 马克思:《〈政治经济学批判〉导言(节选)》,见中国作家协会、中央编译局编:《马克思恩格斯列宁斯大林论文艺》,作家出版社2010年版,第101页。

比马克思稍晚登上思想史的尼采,更是宣布西方基督教文明所保留的唯一神——上帝也死了。两位思想者的着眼点不一,却都不大看好神话的未来。可是在他们身后的这个世纪,神话却伴随着人类对"征服自然"雄心的自我忏悔而起死回生般地复活了。

20年以前,笔者所写的第一部小书之开篇,曾经以"神话'复兴'的文化背景"为标题。当时不曾料到,20年后还会回到神话复兴的题目上来。20世纪80年代,我们似乎刚从那种把革命领袖当成红太阳来崇拜的群体神话信念中解脱出来,是加拿大人弗莱的原型理论启发我们觉悟到,人间小太阳神(从"皇"的意象到"天子"概念,再到革命领袖)与天上大太阳神

彝族飞羽服(2005年11月摄于云南民族大学博物馆)

(原型)对应的所谓"天人合一"式交感理念,是早自一万年以前的新石器时代就产生的农耕神话观念的延续、变形或者改写。弗莱采用了一个弗洛伊德曾经用为术语的英文词 displacement,来说明神话在后世的这种既延续又有所变化的规律性现象。当时觉得用汉语中的一个词不好把握 displacement 的语义张力,就用两个词合成,翻译为"置换变形"。于是,从山东大汶口文化出土陶器上的太阳神崇拜象征,到头项发光的人间圣"王"

(皇——煌煌)信念,以及相应的"天子坐明堂"的仪式建筑理念和君王"早朝"的官方符号礼仪传统,再到这一代人熟悉的现代儿歌"我爱北京天安门,天安门上太阳升"的唱词,就可大致疏理出一个核心的神话主题在我们 5000 年传统文化中不断地被重构或者"重述"的轨迹了。① 时下正流行的刀郎的几首歌,也可以理解为另一种"戏仿"或戏说意义上的重述神话吧。

二、作为文化记忆的神话

笔者 2005 年 5 月 15 日碰巧在伟人故乡的湘潭大学讲课,一位修外国文学的研究生提问说:为什么太阳崇拜在日本等邻国文化中留下非常重要的影响,连国旗都是太阳旗,而在我们中国文化中却没有明显的体现呢?事后想,这问题可以做如下理解:从文化记忆的角度看,以手机的像素和奔腾芯片的换代速度为动力的"现代化",正在让我们迅速遗忘传统,包括 19 世纪马克思时代的传统和 20 世纪近在眼前的现代传统。就连我们本土"红太阳升起的地方"的研究生都已经完全忘记了上一代人刻骨铭心的太阳神话。可见我们国家民族这几十年来的变化真是太大也太快;如果神话时代的夸父有我们今天这样与时俱进的本领和速度,追上并且超过十个八个太阳都绝不在话下。5 月 16 日在去韶山的朝圣之旅中,康辉旅游公司一位帅哥导游小吴告诉我,由于红色旅游的勃兴,今年有组织来韶山的游客将达破纪录的 1500 万人。我联想到,这数字已经大大超过了许多小国的人口数,也超过了我国总人口 13 亿的百分之一,其"拉动"地方经济的效果一定非常可观(仅韶山几个景点的门票合计 100 元左右)。其中会有多少人从这里的参观中恢复文化记忆,在自己的心理中(不论是意识的层次,还是无意识的层次)"重述"太阳神话呢?人类学认为,世代相沿袭传承的仪式就是文化记忆的最重要的活载体,是古老的文化信息经过象征编码和保存的绝好储藏库。如果把组织性的参观旅游也当成一种现代人的

---

① 叶舒宪:《中国神话哲学》,陕西人民出版社 2004 年版。

古罗马海神出巡壁画(2003年11月摄于罗马国家博物馆)

贵阳花溪宾馆神话壁画

仪式活动,那么它对参与者唤起被遗忘的神话信息,治疗现代性的文化传统遗忘症,应会有作用。当然作用效果会因为参与者的年龄、悟性和经历而有差异。可以确定的是，如果参与者多少有些比较神话学和象征学方面的知识训练，像《达·芬奇密码》中参观卢浮宫的主人公那样，那么仪式性的游历将能唤起重述神话的深刻体验，乃至心理学家所说的那种令古今千百万虔修者孜孜以求的神圣"高峰体验"。

希腊雕塑战人马（公元前5世纪）

通过打通理解的 displacement 和"重述"观念，对文化的遗忘与记忆之辩证法，也许能有更透彻的体会。以文学史为例，只要承认神话是文学的源头，那么整个的文学史，就可以看成主要是由各种自觉的与不自觉的神话重述链接而成的。不仅中世纪的经典《神曲》和现代主义的里程碑之作《尤利西斯》都是重述古典神话，去岁轰动世界影坛的史诗巨片《特洛伊》也是以现代多媒体表现技术再创造神话，就连《哈姆雷特》或者《红楼梦》这样的世界超一流的文学经典也都是。

人头马商标（可以看作对古老的人马神的现代重述）

当你了解到,年富力强的弟弟杀死自己年老体衰的哥哥而登上王位不仅不是违法的弑君,反而是神话信仰时代正常的权力更替习俗,那么哈姆雷特的困惑就不仅是丹麦王子介乎中世纪和文艺复兴之间的价值观冲突的困惑,而且也是神话信仰的原初合法性与现代人权的合理性之间的矛盾之困惑了。同理,鲁迅后期小说《故事新编》是完全自觉的重述神话,就连他为新文化运动开端的第一部小说《狂人日记》也是首次以白话文重新讲述的吃人神话。倘若把视野从文学史拓宽到文化史,情况依然会呈现出"重述"或置换变形。借用人类学家萨林斯的说法:现代资本主义的文化体系不是废弃了神话和非理性以后的新发明,而是西方原罪神话在现代社会中的自我复生。[①]

有了如此的文化整体观照,那么2005年出现的这第一次有意识地跨越国族和语言界限的集体性重述神话,与其被看成文学上的一次"准联合国"式行动或"小诺贝尔丛书",不如看成自上帝变乱人类语言而使巴别塔无以为继以来,一次重建巴别塔的智力和想象力的大探险。

探险的结局或成功或不成功,都不会影响探险本身给人的体验与刺激。

21世纪的人要对马克思和尼采说:神又复活了。

---

① 参看萨林斯:《甜蜜的悲哀:西方宇宙观的本土人类学探讨》,王铭铭、胡宗泽译,生活·读书·新知三联书店2000年版。

第六章　神话复兴与《哈利·波特》旋风

20世纪后期西方社会的文化变迁之重要标志就是异教思想和相关知识的全面复兴。坚信宝瓶座时代将彻底取代基督教统治的双鱼座时代（公元元年—2000年）的所谓"新时代"的信仰者们,在欧洲和北美赢得了世纪末的迅速发展,其价值观念也在社会上深入人心。借助于印刷、影视、音乐和文学等现代传播手段,新时代运动如今已经广泛普及民间,并对文化、政治、经济和流行时尚都发生巨大的影响。新时代人打破基督教神学正统的束缚,重新复兴在历史上长久被压抑和忽略的各种异教观念及神话知识体系,并在反叛资本主义和现代性生活方式方面,引发极大的共鸣。

新时代信仰者推崇的基督教教堂以外的"异教观念及知识体系",主要包括巫术—魔法、以萨满教为代表的原始信仰和身心治疗术、女神崇拜和大自然崇拜,占星术、炼金术和风水等准宗教实践。这些异端知识如何在世纪之交大受欢迎,可以从新时代文学的最畅销代表作《哈利·波特》系列（巫术—魔法）、卡斯塔尼达的人类学小说系列（新萨满主义）和2003年连续雄居最畅销书排行的《达·芬奇密码》（女神崇拜）等,略见一斑。远在太平洋这边的中国人不大了解英国文化内部的源流冲突与非主流内涵,甚至会把莎士比亚、斯哥特、乔伊思和叶芝,设想成享有同样文化身份的所谓"英国作家",正所谓"只知其一,不知其二"。

一、凯尔特文化与巫术传统

《哈利·波特》的作者罗琳是在苏格兰首都爱丁堡写出她的系列魔法—巫术小说的。而那里正是新时代运动在欧洲的大本营。这样有别于西方主流的特殊的文化背景对于理解《哈利·波特》的观念倾向是非常必要的。

自近代以来,英伦三岛文化成为工业革命和全球贸易的重要策源地,在世界的殖民化进程中扮演着主角的作用。但是,英伦内部的文化冲突一直没有得到解决。冲突主要表现在南部的英格兰人与北部的苏格兰人、西北的爱尔兰人之间。从历史渊源上看,这种族群冲突由来已久。那就是较早自欧洲移居到英伦岛屿上的凯尔特人的文化与后来入侵并且占了上风的盎格鲁—撒克逊人的文化之间长期的对抗格局。由于凯尔特人在人口和技术上处于劣势,不得不退让出英格兰的较富庶而平坦的土地,据守在北部的岛屿和山地高原。这就是今日与英格兰貌合神离的苏格兰国家和北爱尔兰共和国的三足鼎立格局的由来。

以牧羊为主的苏格兰人虽然在社会组织和生产方式上都落后于英格兰,但是其独特而刚毅的民族性格却使他们在2000年的历史中从不屈服。即使是威震天下的罗马大军也只是征服了英伦的南部,为抵御英武善战的苏格兰人而沿山修筑了类似长城的防御性建筑。当今的苏格兰不仅有自己独立的国家议会、银行、《苏格兰人报》、电视台、博物馆、图书馆,还发行与英镑并行的苏格兰货币。所有这些显示独立性的方面都表明族群认同与文化认同的一致性,其学术上的主要表现则是强调和重新发掘被压抑的凯尔特文化传统,甚至把凯尔特传统抬升到足以同西方文明两大源头相提并论的高度去认识。简·马凯尔著《凯尔特人:重新发现西方文化的神话与历史根源》(*The Celts*:*Uncovering the Mythic and Historic Origins of Western Culture*,Inner Traditions International,1993)一书便是这方面的代表著作。马凯尔指出,历史学家把凯尔特人当成一个比罗马人次要的民族,然而事实上,西方传统中萨满的、神话的和精神的传统却在更大程度上植根于凯尔特文化。虽然史书记载不详,但通过详尽地探讨凯尔特人神话,进而揭示其所滋生的文化,就可以把凯尔特人作为从古欧洲先民到希腊罗马统治的过渡,恢复凯尔特人文化在欧洲文明发展中的重要性。

20世纪后半叶在英格兰、爱尔兰和北美出版了大量有关凯尔特人及其文化、艺术的书刊,研究者从考古、历史、地理、民族、宗教、艺术、文学、社会、习俗等各个方面探讨该文化与盎格鲁文化的不同之处,从而为确立苏格兰人文化身份的独立性提供佐证。据《美国传统词典》:"凯尔特人,印欧民族的一支,最初分布在中欧,在前罗马帝国时期遍及欧洲西部、不列颠群岛和加拉提亚东南部。尤指不列颠人或高卢人。讲凯尔特语的人及其后代,尤指现代盖尔人、威尔士人、康沃尔人或希列塔尼人。法语称Celte。Celtes的单数源自拉丁语Celtae,源自希腊语Keltoi。"奥椎斯考等人编的《凯尔特意识》(*The Celtic Consciousness*, George Braziller, 1992)一书,较全面地讨论凯尔特文化认同与当代欧美社会思想和社会运动的关系。其中有专门从天文学角度探讨凯尔特精神对新时代运动的影响的论文(The Celtic Spirit in the New Age: A Astrologer's View, by Alexander Blair – Ewart, pp. 589 – 592);也有关于凯尔特民间宗教文化精神的专题研究(The Rebirth of the Celtic Folk Soul, Mananna Lines, pp. 593 – 595),这方面的知识有助于了解《哈利·波特》这样文化蕴含深厚的作品产生之土壤。其实,从语言化石的证据看,凯尔特传统不用刻意远求,就潜伏在英语人名中。打开《苏格兰氏族书》(*The Book of Scottish Clans*, Ianin Zaczek, Cico Books, 2001),就可以知道,诸多英语人名,如布鲁斯(Bruce)、坎贝尔(Campbel)、道格拉斯(Douglas)、格兰姆(Graham)、麦克阿平(MacAlpine)、麦克白(Macbeth)、麦克罗德(MacLeod)、斯哥特(Scott)、斯图瓦特(Stewart)、华莱士(Wallace)等,皆源于苏格兰氏族名。

与基督教文化不同的是,凯尔特文化的宗教倾向较为古朴,保留着很多原始宗教的特征,尤其是在巫术传统方面异常深厚。用哈利·波特购买魔杖的那家奥利凡德商店来作证,其金字招牌上写着"自公元前382年即制作精良魔杖"(苏农中译本,第49页)。作者为什么要强调这个年代呢?欧洲史学者们认为,"在公元前387年,凯尔特人甚至威胁到新兴的强大的罗马。这是伊特鲁利亚人强盛时期的终结,凯尔特人称雄于中欧、西欧,直至罗马将帝国势力扩展到阿尔卑斯山以西和以北时为止"。这就明确提示出,魔法巫术传统比救世主基督降生以来的历史还要久远得多。至于爱丁堡在保留前基督教传统方面的优势特征,读者可以在丹·布朗的《达·芬奇密码》第104章描写的"密码大教堂"罗斯林教堂的神秘氛围中找到生动的反映。这里不仅被说成"是所有宗教信仰的供奉所,是沿循所有传统的供奉所,尤其是大自然与女神的供奉所"(朱振武等中译本,第412页),而且还是古代凯尔特传说中的圣杯的藏身之所。

魔法公园一景(2003年12月摄于奥地利维也纳)

二、《哈里·波特》与魔幻想象的复兴

凯尔特文化如何以巫术魔法而著称,只要看一下其起源传说就可明白。据爱尔兰古代编年史,凯尔特人登陆英伦是由德鲁伊教的第一巫师阿莫金(Amergin)带领的。在爱尔兰神话中经常提起的德鲁伊,被认为是拥有智慧和力量的人,他在梦中获得知识,并能做出解释,他知道大地的位置和风的去向,知道组成世界的基本元素,他拥有音乐知识。阿莫金的身份既是部落的诗人歌手,又是法官和首领。他们来自古西班牙海岸,靠魔法

的力量平息了风暴,才在爱尔兰海边登陆。当阿莫金的右脚踏上爱尔兰土地时,怀着对魔法的敬意,吟诵了一首诗:

> 我是吹过海面的风,
> 我是海洋中的波浪,
> 我是波涛的低语,
> 我是七次搏斗中的公牛,
> 我是岩石上盘旋的秃鹰。
>
> 是谁领导了山巅的集会,如果不是我?
> 是谁说出了月亮的年龄,如果不是我?
> 是谁指引了使 san 平静的地方,如果不是我?
> 为什么是制造魔法的神——
> 改变战争和风的魔法。

这首祈祷诗强调了凯尔特人的信仰。这种对魔法的信仰就是当时的科学——洞察自然的奥秘,发现其规律和力量。掌握了这种科学也就掌握了整个自然。诗人实际上是科学的代言人,他是给予了人们脑海中思想的火焰的神,诗人就是大自然,是风和海浪,是野生动物和斗士们的臂膀。所以诗人是以人的形式存在的魔法的化身,他不仅是人,还是秃鹰、树木和植物、命令、剑和矛。他是吹过海面的风,是海洋中的波浪。从凯尔特的这种魔法世界观出发,《哈利·波特》的神秘性也就容易理解多了。

在小说的第三部《哈利·波特与阿兹卡班的囚徒》的开端,讲到哈利·波特在魔法学校撰写论文,题目是《十四世纪焚烧女巫的做法是完全没有意义的》。这看似漫不经意的戏笔,实际上清楚地说明了作者的思想倾向。作品中不讲基督教的那一套,没有西方文学常见的上帝、牧师、教堂与《圣经》,却以一位少年男巫为主人公,让他出面为历史上被基督教教会迫害烧死的数百万女巫翻案昭雪。

女巫的形象在哈利·波特的生身母亲这里得到全新的诠释:她是为了

女巫作为死神使者（摄于维也纳魔法公园）

救助自己的孩子才被强大的伏地魔杀死的。是这位女巫的伟大的爱赐予了哈利·波特刀枪不入的坚强护身法宝。《哈利·波特与魔法石》的最后一章，哈利向世间第一大巫——魔法学校的校长邓布利多询问他母亲的死因，后者回答说：

> 你母亲是为了救你而死的。如果伏地魔有什么事情弄不明白，那就是爱。他没有意识到，像你母亲对你那样强烈的爱，是会在你身上留下自己的印记的。不是伤疤，不是看得见的痕迹……被一个人这样深深地爱过，尽管那个爱我们的人已经死了，也会给我们留下一个永远的护身符。它就藏在你的皮肤里。（第185页）

《哈利·波特》闭口不提上帝之爱，不谈耶稣基督的仁爱精神，却强烈地渲染出女巫的伟大的爱心，以此作为人的一种超越所有法力和功夫的最强大的防卫力量。这就清楚表明了作者在文化认同方面的异端异教立场。难怪有些教会学校禁止收藏这部超级畅销书呢。

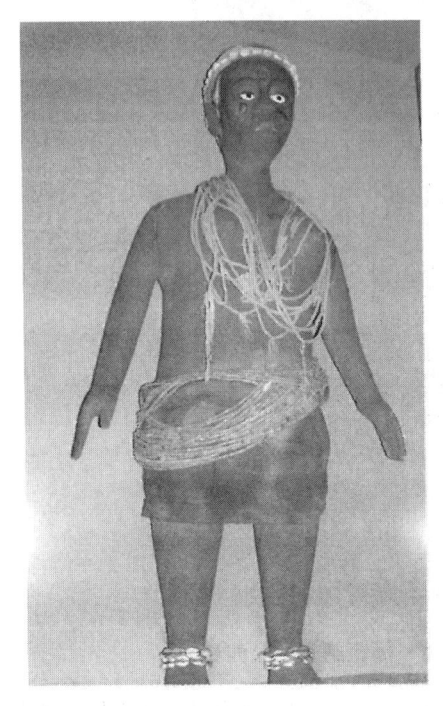

阿拉伯女巫像
（摄于荷兰鹿特丹人种学博物馆）

当代艺术中的女巫
（摄于阿姆斯特丹现代美术馆）

在牛津大学中古和近代语言学院,设有凯尔特研究专业。毕业生共需交6篇论文,其中3篇题目固定:1.凯尔特语言的比较语言学;2.古代和中古的爱尔兰文本;3.古代和中古的威尔士文本。我们知道罗琳童年生活在英国西部靠近威尔士的地区,从小受到凯尔特传统的濡染。她年轻时曾经报考过牛津大学,但未能如愿考取,只好退而求其次上了埃克塞特大学。她的本科专业虽然是法语,但阅读兴趣更偏向于幻想文学。从她的作品看,她对民间文化传统的熟悉程度不亚于专家。英语文学魔法热的始作俑者《魔戒》是她最喜爱的作品。她自己的文学想象显然是对凯尔特巫术魔幻传统的大发扬。在政治倾向上,魔幻主题的弘扬主要体现着对现代社会的反叛,对片面发展的高科技和市场社会的不满。《哈利·波特》通过主人公亲戚一家平庸而冷酷的刻画，表达了对市场社会金钱至上价值及其人性扭曲作用的强烈批判。从这个意义上看，魔幻想象的复兴不只是儿童文学上的事件，其现实社会批判的倾向也值得深思。《啥利·波特》是要用魔幻想象的世界来抗衡物欲横流的金钱世界。

第七章　谁破译了"达·芬奇密码"？
——新时代人的异教想象及其原型

从20世纪末，仅英文版就热销600余万册的《塞莱斯延预言》，到20世纪初上千万册印数的《达·芬奇密码》，给世界的图书出版界和文学创作界带来的震动都是可想而知的。业内人士有一个疑问，这些作者是怎样赢得那么多男女老少读者的心的？他们的小说能够吸引人的诀窍究竟在哪里呢？

一、新时代运动与异教想象力

一般的看法不外乎说，这些小说的"成功"是书商精心策划和大举炒作的结果啊，是作者善于布置悬念啊，大胆的想象力啊，出其不意地反拨历史、颠覆宗教啊，诸如此类。然而在我看来，问题绝非如此简单。从雷德菲尔德、卡斯塔尼达，到罗琳和丹·布朗，这一批作者真的非常不简单！我们只知道他们是舞文弄墨的小说家和文人，却不知道他们同时也是声势浩大的社会运动的重要参与者和中坚干将。正是这种眼界和知识方面的盲点，使我们不能透彻地领会这一批超级畅销书所蕴含的文化价值意义，更无法从欧美当代社会运动的普遍性与巨大影响力着眼，把握其所以畅销的深层次原因。

构成我们知识上巨大盲区的这场旷日持久的社会运动就是"新时代运动"。这些作者的灵感和思路无一不是直接来源于新时代运动。他们的巨大读者群的构成也在相当程度上归功于这场跨世纪的时代思想风潮。①

新时代运动的最大特征就是反叛现代性及其基础——西方基督教文明,让长久以来被压制的异教思想和观念来对抗和取代正统基督教观念,成为新世纪引导人类精神的新希望。

这种反叛和取代,大致围绕着四个重心而展开。

第一,针对西方文明以白人为最高文明代表的欧洲中心主义历史观,让非西方文化的价值观来取而代之②;

第二,针对以《圣经》神学为基础的基督教的一神论世界观的长久统治,让具有更加悠久传统的巫术—魔法—萨满教的多样性神幻世界来取而代之③;

第三,针对西方文明史中希腊文化和希伯来文化占主流的传统,让处于边缘的非主流文化如凯尔特文化得到现代的重构和复兴④;

第四,针对父权制的男性中心的价值观(圣父—圣子—圣灵的三位一体),让女性重新圣化,让更加古老的女神信仰得到复兴并试图取而代之⑤。

---

① 叶舒宪:《西方文化寻根思潮的跨世纪演化:透视"新时代运动"》,载《文史哲》2003年第1期。
② 叶舒宪:《诊治现代文明病:〈塞莱斯廷预言〉和〈第十种洞察力〉的寻根思想》,载《广东社会科学》2003年第1期。
③ 叶舒宪:《巫术思维与文学的复生:〈哈利波特〉现象的文化阐释》,载《文艺研究》2002年第3期。
④ 叶舒宪:《西方文化寻根的"凯尔特复兴"》,载《文艺理论与批评》2003年第1期。
⑤ See C. Larrinton ed, *The Feminist Companion to Mythology*, London:Pandora Press,1992; Sandra Billington & Miranda Green ed., *The Concept of Goddess*, London;New York:Routledge,1996; Larry W. Hurtad ed., *Goddesses in Religions and Modern Debate*, University of Maicitoba,1990.

有了这样四方面的思想背景作衬托,再重新审视以上诸位作者的大热门畅销书,就可以洞若观火般清楚地把握他们创作的大背景和基本的思想倾向了。其实,在新时代人大举进军文学想象世界之前,他们就已经大举进军音乐界并且占据了一统天下的地位了。今天世界各个城市的音像店里销售最多的不就是署名"新时代音乐"的那类作品吗?

《达·芬奇密码》的认同取向显然属于上述四方面的最后一类:借侦探小说的形式重新解读达·芬奇名画中潜藏的异端信息,从而在基督教传统压抑的缝隙中发掘出更加悠久的女神宗教的信仰和观念。

荷兰版《达·芬奇密码》

倘若像一般书评家那样把它看成推理破案的纯粹的侦探小说来读,那就根本无法得其要领,最多只能得其皮毛了。如果和20世纪西方学术思想变迁的大背景联系起来看,那么,新时代运动的第一和第三个重心属于文化研究中的种族—族群维度;第二个重心属于宗教—政治维度,第四个重心属于性别—宗教维度。这三个维度的批判反思也恰恰就是西方社会科学在20世纪后期整合出的、打破原有学科界限的"文化研究""文化批判"的基本思路和范式。因此,按照保守的正统的学院派文学批评的理论和思路,已经无法适应新时代文学的认识需要了。知识的更新与眼界的拓展是学院派教授们面临的当务之急。就像《达·芬奇密码》的主人公哈佛大学教授兰登那样,要走出学院与书本的束缚,关注世俗与民间的真实生活及其变化的潜流。

可以说，适当了解新时代运动催生的边缘挑战中心、非主流颠覆主流的文化动向，把握文化研究之蓬勃兴起的学术的和非学术的因素，是真正跟上新时代作家们的想象步伐，读懂其文本的深层蕴含，破译其丰富多彩的象征"密码"，发现其畅销秘密的不二法门。

具体地看，雷德菲尔德的《塞莱斯廷预言》、罗琳的《哈利·波特》、卡斯塔尼达的《寂静的知识——巫师与人类学家的对话》和丹·布朗的《达·芬奇密码》，毫无疑问都属于新时代人大力拓展的异教想象的杰出代表。20世纪末开始问世的前三部书，都突出了新时代人对新千年（实际是以两千年为一个完整时间循环周期）即将开启的新世界的殷切期待。这种憧憬和期待的心理到了21世纪开始以后，就自然地要转化为一种过渡和确认的意识。《达·芬奇密码》第六十一章中提彬的话，就是这种意识的精确写照：

> 根据预言，我们正处在一个发生巨大变化的时代。千禧年刚过去，随之而结束的是长达两千年的双鱼时代，要知道鱼也是耶稣的标记①。正如星宿符号学者所言，双鱼星座的理念是，人类必须由比他们更强大的事物来告诉他们应该做些什么，因为人类自己不会思考。因此，那是一个充斥着强烈宗教信仰的时代。可是现在，我们进入了宝瓶时代。而这个时代的理念是人类会掌握真理，会独立思考。观念上的转变是如此之大，而这种转变正在发生。②

由于新时代人坚信这个转变必将抛弃基督教的两千年统治所以基督教的罗马教廷方面把新时代呼唤的这个转变时期称作"末日"（索菲语），也就不足为奇了。旧时代的末日同时是新时代的开端，这是由于立场不同

---

① 难道汉语的"稣"这个字从鱼，也是一种编码？——引者注
② 丹·布朗：《达·芬奇密码》，朱振武、吴晟、周元晓译，上海人民出版社2004年版，第244页。

导致的截然相反的价值判断。兰登针对基督教的"末日"论所做的解释，完全可以看成作者本人的新时代循环历史观的表白：

> 这是很常见的误解。许多的宗教都会提到"末日"，但那不是指世界的末日，而是指时代——双鱼时代——的终结。要知道，这个双鱼时代是从耶稣降生那年开始的，历经两千年，在千禧年过后就结束了。现在，我们已进入了宝瓶时代，双鱼时代的末日已经到了。①

如果说过去的两千年作为一个历史时间单位——双鱼时代，那么该时代的核心宗教精神就是以男性的神子基督为代表的；新时代人宣告基督的男性中心信仰走向终结，替代它而出现的应该是女神信仰和女神精神！这种女神精神其实也不是凭空发明出来的新鲜创造，而是在男性中心的基督教时代被压制和埋没的一种潜在的弱势传统。小说中若隐若现的异端宗教组织——郇山隐修会，作为"成立于1099年的欧洲秘密社团"（扉页），就是西方社会中保存和发扬女神宗教传统的一大主角。

二、郇山隐修会：女神传统的复兴

郇山隐修会究竟是怎样的一个持不同意见的信仰群体呢？

丹·布朗除了在小说开篇的前言做了简略的介绍以外，还在书中随着情节的进展不断给予补充说明。我以为最重要的一处说明出现在小说最后一章（第一百零五章），它具有曲终奏雅的点题作用："不管怎么说，这个组织历来都有女性的加入。在它历任的领导者当中，就有四位是女性。护卫长传统上由男性充任——担任保卫工作——而女人则占据了更高的

---

① 丹·布朗：《达·芬奇密码》，朱振武、吴晟、周元晓译，上海人民出版社2004年版，第244页。

地位,并可能担任最高的职务。"①

一个可能由女性担任最高领袖的宗教机构,希望崇奉同样是女性的神灵,这其中的性别政治内涵,及其颠覆父权制意识形态的欲望,在我们经历了 20 世纪的女权主义(或"女性主义")运动洗礼和教育之后,也就不足为奇了。1999 年英国出版的《新时代百科全书》"女神"条目下有"新时代女神"的说明:虽然在公元前 4000 年之后男性中心的众神体系开始取代女神,但是在西亚和中东的许多文化中上帝依然是女性的。女神的精神对于当代的女性主义、心理医师、异教徒和生态活动家等仍然发挥着强烈的影响。同样,女性哲学对应着非等级制的管理结构。在一些工作场所,大众传媒也在重新塑造着各种女性的形象。②

正如 19 世纪由瑞士学者巴霍芬提出的"母权论"虽然在 20 世纪已经被人类学所否认,但却不影响女性主义著述依然热衷于引用"母权论",同样的,像郇山隐修会这样的异端教派是否历史上实有其事,也并不重要了。重要的是它为什么会被作者拿出来说事。我们一旦明白了世纪之交的新时代运动要求恢复古老的女神宗教传统的思想背景,这个疑问也就自然明朗化了。《女神的要素》一书作者凯特琳·马修斯指出,当代人对女神的关注应该看作是"她的第二次降临"(Her second coming)。这个说法成了该书第四章的标题。女神何以重新降临这个世界呢?马修斯认为,人类精神对神性的理解恰好处在一个关键的十字路口上:我们如何看待和感受女神,将决定女神在我们之间的复兴。以往的父权制的一神教统治限制了人类对神的认识,压制了悠久而珍贵的女神智慧。③

与郇山隐修会复兴女神传统的宗旨相对应,小说中一而再、再而三地提到正统基督教历来不愿意提及的女神,并竭力称颂女神信仰的伟大。郇山隐修会的著名成员包括牛顿、波提切利、雨果和达·芬奇。所谓"达·芬奇密码",也就是作为郇山隐修会成员的画家达·芬奇在他最著名的画中用隐喻编码的

---

① 丹·布朗:《达·芬奇密码》,朱振武、吴晟、周元晓译,上海人民出版社 2004 年版,第 422 页。
② Gerry M. Thompson, *Encyclopedia of the New Age*, London: Time Life Books, 1999, p. 80.
③ Caitlin Matthews, *The Elements of Goddess*, Elemerit Books Lmited, 1997, p. 20.

卢浮宫中展出的地中海史前女神群像

非洲女神图腾

（摄于荷兰鹿特丹人种学博物馆）

仿红山文化女神玉浮雕

（摄于昆明世博园）

方式曲折传达的女神主题。小说的主要场景之所以安排在巴黎的卢浮宫,也是从双重意义上呼应女神传统的主题。作者在"尾声"部分,通过主人公的视线,由外及内地描述了卢浮宫建筑的象征意义。其双重蕴含:一是卢浮宫就是收藏着"达·芬奇密码"名画《蒙娜丽莎》的所在,也是收藏有大量的前基督教世界女神偶像的艺术宝库;二是卢浮宫新建的金字塔形玻璃建筑也呈现为倒立的圣杯状,而圣杯这个基督教传统的圣物,在新时代人的谱系中也象征着女神!

小说第二十章记述的发生在卢浮宫的男女主人公对话,清楚地揭示了作品的主旨:

(索菲问道):"那么斐波那契数列呢?还有P.S.?还有达·芬奇和女神的象征意义?那一定是我祖父留下的。"

兰登知道她说得对。五角星、《维特鲁威人》、达·芬奇、女神以及斐波那契数列——这些线索的象征意义完美地结合在一起。圣像研究者会把这称为一个连贯的象征系统。所有的一切结合得天衣无缝。

索菲补充说:"今天下午,祖父打电话给我。他说有重要的事情要告诉我。我肯定,为了让我知道这些重要的事情,他临死时在卢浮宫留下了这些信息。他认为你可以帮助我弄清这些重要的事情。"[1]

要更加具体地追溯《达·芬奇密码》的构思之源,我以为也许有两部书给了作者明显的影响。一部是生态女性主义在美国的代表学者理安·艾斯勒的《圣杯与剑》[2],另一部是2001年新问世的惊世大著《耶稣与女神》[3]。前者为小说里的中心象征提供了素材和灵感,让我们知道,小说表

---

[1] 丹·布朗:《达·芬奇密码》,朱振武、吴晟、周元晓译,上海人民出版社2004年版,第82页。
[2] 理安·艾斯勒:《圣杯与剑:"男女之间的战争"》,程志民译,社会科学文献出版社1995年版。
[3] Timothy Freke & Peter Gandy, *Jesus and Goddess: The Secret Teaching of the Original Christians*, London: Torsons L. d., 2001.

现的宗教冲突故事其实也是人类在这个星球上一两万年以来"男女之间的战争"的延续;后者似乎更重要,因为它给《达·芬奇密码》奠定了中心思想。换个说法,《达·芬奇密码》可以看作是文学想象版的《耶稣与女神》,而《耶稣与女神》则是理论考证版的《达·芬奇密码》。《耶稣与女神》的两位作者弗雷克与甘地没有在《达·芬奇密码》独占书市鳌头的情况下向丹·布朗要求学术思想独创性的专利侵权赔偿,倒真是一桩悬案。

三、《达·芬奇密码》:文学版的《耶稣与女神》

《耶稣与女神》的副标题是《原始基督教的秘传教导》,一看就知道《达·芬奇密码》对基督教反弹琵琶的做法并不是丹·布朗的首创。就连女主人公索菲的名字及其象征蕴含,也是直接来自《耶稣与女神》这本新时代学术著作的。

弗雷克与甘地要在书中揭示的秘密是:为什么原始基督教的秘传教义被罗马教会全然埋没呢?就因为其中讲到了基督教女神索菲亚的神话!女神索菲亚在《福音书》里化身女人出现,作为处女与妓女,表达的是心灵堕落和获得拯救的过程。对此,《达·芬奇密码》第五十五章以下有大段的连续补充说明:篡改原始基督教的是一个异教的罗马皇帝君士坦丁,他把基督从人改造为神,删掉了耶稣和他的女人——抹大拉的玛利亚的记录,并通过编造创世记的亚当夏娃神话而彻底终结了女神的信仰和崇拜。[1] 圣杯,其实是一个隐喻,是抹大拉的玛利亚的象征化身。作为容器的圣杯代表女神的生育本体——子宫。而抹大拉的玛利亚也恰恰为凡人耶稣生育了后代。[2] 作者借兰登之口说:

> 圣杯代表着失落的女神……骑士们"寻找圣杯"的传说实际

---

[1] 夏娃神话如何为父权制的男性统治提供依据,参看 J. A. Phillips, *Eve: The History of an Idea*, San Francisco: Haper & Row, 1984, p. xiv。
[2] 关于子宫的神话象征谱系,参看 Lana Thompson, *The Wandering Womb*, Amherst: Prometheus Books, 1999。

上是关于寻找圣女的故事。那些宣称寻找圣杯的骑士是以此来掩盖真相,以免受到罗马教廷的迫害。当时的教廷欺压妇女,驱逐女神,烧死不信奉基督教的人,而且还禁止异教徒崇拜圣女。①

达·芬奇的另一幅名画《最后的晚餐》,则借形象的密码再度揭示了被掩盖千年的真相:耶稣身边有个女人——抹大拉的玛利亚。后人忽略了她的性别,把她当成十二门徒之一了。而在《福音书》里她竟然被别有用心地污蔑成了妓女。小说一方面要求揭示这些被歪曲的真相,另一方面还说明了"历史是由当权的胜利一方来书写"的道理。用小说人物借用拿破仑的话来表达:"什么是历史,只不过是编造的谎言罢了!"

古希腊蛇发女神美杜萨头像

如果孤立起来看,《耶稣与女神——原始基督教的秘传教导》这样的书会显得十分刺目:作者为什么要在流传了两千年的宗教常识背后反弹琵琶,大作翻案文章呢?然而,当我们稍微了解一下近20年来女性主义在宗教与神话研究方面汗牛充栋的著述标题,这样的疑问就自然冰释了。像《古希腊失落的女神》《上帝为女性时》《上帝是女性》《女神的观念》《夏娃:一个观念的历史》《母神原型的心理学意义》《女性主义神话学导读》《圣经创世记的女性主义指南》《女神的语言》《活着的女神》等一大批同

---

① 丹·布朗:《达·芬奇密码》,朱振武、吴晟、周元晓译,上海人民出版社2004年版,第218页。

类书籍,已经在西方学院内外随着新时代运动的巨大影响力而广泛传播了。① 毫无疑问,丹·布朗对这些书不会陌生。他的父亲是教授,母亲是宗教音乐家,他接受的教育中少不了这些宗教革新的内容。

以"探寻秘密"的文学形式来讲述新时代的思想观念,是20世纪末新时代文学的杰出代表——雷德菲尔德的《塞莱斯廷预言》和卡斯塔尼达的《寂静的知识——巫师与人类学家的对话》获得巨大成功的诀窍,也是丹·布朗心领神会的关键,更是他这部以"人类历史的最大秘密"为悬念的小说,虽然充满知识性的大段论述,却依然能够吸引读者的重要原因吧。反过来看,《达·芬奇密码》的连续创纪录的发行量,对新时代思想的传播,尤其是女神复兴运动,肯定也会产生极大的推波助澜作用。

也许有中国读者会奇怪,为什么作者在一部通俗小说中要津津乐道符号、象征、密码、偶像、神秘数字、字谜、塔罗牌、女神、巫术、占星术、朝圣、秘密仪式等大批神秘的内容?

四、哈佛课堂上的神话符号学传授

只要你在欧美的任何一个新时代书店里浏览参观过,就会很容易得出判断,那里琳琅满目陈列着的,既不是基督教的神学著作,也不是科学技术一类,而正是这一类的所谓"异教"知识之书。小说以女主人公索菲的祖父——卢浮宫美术馆馆长索尼埃的神秘死亡为开端,给全书埋下了解谜的线索。作者就这样把异教知识巧妙地穿插在解谜的叙述中。由于索尼埃让自己尸体的姿势模仿了达·芬奇画的《维特鲁威人》,使小说的情节展开变成了符号解码的过程,层层疑团的破译把枯燥的知识转化为生动的启蒙课堂了。

欧洲书店中的丹·布朗风暴

---

① 叶舒宪:《千面女神:性别神话的象征史》,上海社会科学院出版社2004年版。

"当然不是巧合。祖父要借助斐波那契数列给我们一些提示——就像他用英语来书写信息、模仿他最喜爱的艺术作品中的画面和摆出五角星形状的姿势一样。这只是要引起我们的注意。"

"你知道五角星形状的含义吗?"

"知道。我还没来得及告诉过你,小时候,五角星在我和祖父之间有特殊的含义。过去,我们常玩塔罗牌,我的主牌都是五角星的。……"

兰登打了个冷战。他们玩塔罗牌?这种中世纪意大利的纸牌隐含着异教的象征体系,兰登曾在他的新手稿中花费了整章的篇幅来讲述塔罗牌。塔罗牌由二十二张纸牌组成,包括"女教宗"、"皇后"、"星星"等。塔罗牌原本是用来传递被教会封禁的思想的,现在的占卜者们沿用了塔罗牌的神秘特质。

塔罗牌用五角星花色来象征女神,兰登想道,如果索尼埃通过洗牌作弊来和小孙女逗乐,选择五角星真是再合适不过了。[1]

象征学的专家兰登教授不仅从玩塔罗牌的细节中看出女神宗教的蕴含,也猜测到老馆长索尼埃的异端身份。他的专业知识使他成为这方面最在行的侦探!

2001年,笔者考察英国大学教育中新时代思想的普及程度,像牛津、剑桥、伦敦大学和爱丁堡大学这样的老牌正统名校都还显得保守。黑人教授开设后殖民理论这样的课程,还是经过了长久的辩论之后才勉强获准。新时代人的著作只是从大学外围的书店对师生们形成知识的包围。而今,我们从丹·布朗笔下的美国哈佛大学的课堂教学上,居然直接看到这样一幕:小说第二十章犹如一场生动的智力启发游戏,那是因为兰登在卢浮宫

---

[1] 丹·布朗:《达·芬奇密码》,朱振武、吴晟、周元晓译,上海人民出版社2004年版,第83页。

● 思考达芬奇与女神的象征时回忆到自己讲课的内容——斐波那契数列、五
● 角星、黄金分割等在人类文化史上扮演的绝妙角色。

PHI

他忽然产生了一种幻觉,仿佛自己又回到了哈佛,站在教室的讲台上讲解"艺术中的象征",在黑板上写下他最喜爱的数字。

1.618

....

兰登在幻灯机上放上图片,解释说,PHI源于斐波那契数列——这个数列之所以非常有名,不仅是因为数列中相邻两项之和等于后一项,而且因为相邻两项相除所得的商竟然约等于1.618,也就是PHI。

兰登继续解释道,从数学角度看,PHI的来源颇为神秘,但更令人费解的是它在自然界的构成中也起着极为重要的作用。植物、动物甚至人类都具有与这个比率惊人相似的特质。

兰登关上教室里的灯,说道:"PHI在自然界中无处不在,这显然不是巧合,所以祖先们估计PHI是造物主事先定下的。早期的科学家把1.618称为黄金分割。"

"等一下,"一名坐在前排的女生说,"我是生物专业的学生,我从来没有在自然界中见到黄金分割。"

"没有吗?"兰登咧嘴笑了,"研究过一个蜂巢里的雄蜂和雌蜂吗?"

"当然。雌蜂总是比雄蜂多。"

"对。你知道吗?如果你将世界上任何一个蜂巢里的雄蜂和雌蜂分开数,你将得到一个相同的比率。"

"真的吗?"

"是的,就是PHI。"

女生目瞪口呆。

....

"真不可思议!"有人叫了起来。

"不错,可这和艺术有什么关系呢?"另外一个人说。

"啊!问得好。"兰登说着,放出另一张幻灯片——列昂纳多·达·芬奇的著名男性裸体画《维特鲁威人》。这幅画画在一张羊皮纸上,羊皮纸已微微泛黄。画名是根据罗马杰出的建筑家马克·维特鲁威的名字而取的,这位建筑家曾在他的著作《建筑》中盛赞黄金分割。

"没有人比达·芬奇更了解人体的精妙结构。实际上,达·芬奇曾挖掘出人的尸体来测量人体骨骼结构的确切比例,他是宣称人体的结构比例完全符合黄金分割率的第一人。"[1]

在绝大多数中国读者心目中,美国哈佛大学是当今世界高等教育的金字塔尖。多少家长把送孩子上哈佛作为终极理想,多少青年学生把哈佛作为自己的人生梦境。这种超常的向往,从《哈佛女孩刘亦婷》这样的书能畅销达120多万册,就可略见一斑。可是,丹·布朗给我们再现的哈佛大学呢,却是普及新时代信仰与相关异教知识的场所。难道作者在开玩笑吗?

只要大致了解20世纪末以来,新时代人的思想如何迅猛地席卷美国知识界,就可以肯定这里的哈佛课堂情况并不是凭空虚构的游戏笔墨。早在丹·布朗之前,哈佛大学出版社就出版过人类学家克里福德的《文化的困境:20世纪的人类学、文学与艺术》(The Predicament of Culture, Harward University Press,1988)一书,讨论到新时代人的原始主义对作家、艺术家的重要影响。美国杜克大学英语系主任玛丽娜·托戈尼克(Marianna Torgovnick)作为英语教授参加了1992年美国的新时代人组织的一次会议,主题为"滋养灵魂:在日常生活中发现精神性"(Nourishing the Soul:Discovering the spiritual in Everyday Life)。出席会议的人多数为白人知识分子。

---

[1] 丹·布朗:《达·芬奇密码》,朱振武、吴晟、周元晓译,上海人民出版社2004年版,第84—85页。

他们"滋养灵魂"和"发现精神性"的重要手段就是与美洲本土的印第安文化相认同。拥有巫医之轮这样原始道具的现代人似乎把握住一种转换文化身份的契机，凭借这些器物所承载的魔法力量去解脱沉陷于消费社会物质主义枷锁中不能自救的灵魂，抵抗由"现代性"负面效应所导致的种种心理失衡和精神危机。托戈尼克根据自己的新时代体验撰写的专著《原始的激情》[1]也曾荣登纽约时报畅销榜，引来学界一片原始主义文化热潮。如此看来，丹·布朗让非主流文化登上哈佛课堂，也就不足为奇了。五角形、黄金分割一类艺术史知识，由于和异教发生关联而具有了性别政治的寓意。

在兰登教授的讲述中，PHI既是上帝造物的大小比例，也是一个异教组织——大地母亲教的核心。许多人也像异教徒一样赞颂着自然，只不过自己没有意识到。比如说庆祝五朔节就是一个很好的例证。西方的五朔节是赞颂春天的节日，人们通过它来庆祝大地复苏，给予人类馈赠。接下来的半堂课，兰登给学生们播放了米开朗基罗、阿尔布莱希特·丢勒、达·芬奇和许多其他艺术家作品的幻灯片，这些艺术家在设计创作其作品时都有意识地、严格地遵循了黄金分割比率。兰登还如数家珍地讲到希腊巴特农神殿、埃及金字塔甚至纽约联合国大楼在建筑设计中所运用的黄金分割率，并从莫扎特的奏鸣曲、贝多芬的《第五交响曲》以及巴托克、德彪西、舒伯特等音乐家的创作中发现其踪迹。

这位教授的讲课，不光把西方艺术史上各种佳话生动展现出来，还通过性别政治的视角，把五角星解释为黄金分割的首要代表，作为美丽与完美的象征，与女神和神圣的女性联系在一起。难怪在他的课堂上，男生们大受启发的同时，"班上的女生都满脸笑容"。这里确实有女性主义视角对艺术史、宗教史和社会思想史的重要发现。不管你是信是疑，至少要被教授的新奇高见所吸引："列昂纳多确实以古老的方式信奉着女神。明天，我将会给你们讲解他的壁画《最后的晚餐》，这将是你们所见过的奉献给神圣女性的最惊人的杰作。"

---

[1] Marianna Torgovnick, *Primitive passions*, New York: Alfred Knopf, 1997.

如此神奇丰富的教学内容、如此具有启发性的教学方式,难怪大部分无缘到哈佛大学学习深造的读者们要深深为之所动,从小说模拟的课堂中获得极大的心理补偿呢!

其实,丹·布朗自己是比兰登教授更加精深的象征学专家,你看他别具一格地解析达·芬奇杰作,从《蒙娜丽莎》到《维特鲁威人》和《最后的晚餐》,居然都是潜藏女神崇拜信息的图形密码。这些密码的破译自然指向历史上那场旷日持久的没有硝烟的大战——性别之间的战争。它告诉今人:历史,是男人书写的;而"男人的欺骗是多么黑暗"。如同兰登所解释的:"索菲,隐修会违规崇拜女神是基于这样一个信念:早期基督教中的强权男性散布贬低女性的谣言惑众,唆使大众偏爱男性。""隐修会认为,君士坦丁大帝和他的男性继位者们通过将女性神灵邪恶化的宣传活动,成功地将基督教转变为男性统治的宗教,将女神的地位从现代宗教中抹去了。"这些理论性的描述不是正好呼应着女性主义的历史批判,以及把"历史(history) = 他的(his)故事(story)"的男性偏见公式改换为"她的故事"(her story)那种激进要求吗?

五、治疗男性文明癌症:女神复兴何为

新时代人为了告别这种父权制基督教的黑暗统治,已经做了大量工作和再启蒙铺垫。现在,终于轮到丹·布朗在新世纪开端认同女性主义的立场,做出彻底的控诉和全面的清算了。第二十八章的下面一段,可以说是书中分量最重的血泪控诉:

> 现代的基督教为当今麻烦重重的世界做了许多有益的事,但它却有一段充满欺骗和暴力的历史。他们对异教和女性崇拜宗教组织的残忍圣战延续了三个世纪,采用的手段既鼓动人心,同时又是耸人听闻的。
>
> 由天主教裁判所发行的《巫婆之锤》无疑堪称人类历史上最血腥的出版物。它向人们灌输"自由思考的女人们给世界带来

希腊的嗜血女巫形象

威胁"的思想,并教导神职人员如何去识别、折磨并消灭她们。教会所指认的"女巫"包括所有的女学者、女神职人员、吉普赛女人、女巫师、自然爱好者、草本采集者以及任何"涉嫌与自然世界协调一致的女性"。……在追捕女巫的三百年中,被教会绑在柱子上烧死的女性多达五百万。

今天的世界就是活生生的例证。①

读过哈利·波特系列第三部《哈利·波特与阿兹卡班的囚徒》的读者,一定还记得主人公哈利·波特曾在魔法学校撰写论文,题目是《十四世纪焚烧女巫的做法是完全没有意义的》。这看似漫不经意的少年戏笔,实际上清楚地说明了作者的新时代思想倾向。罗琳在作品中不讲基督教的那一套,也不去表现西方文学中常见的上帝、牧师、教堂与圣经,却以一位少年男巫为主人公,让他出面写论文,为历史上被基督教教会迫害烧死的数百万女巫翻案昭雪。

原来这些顶级畅销书的作者在性别政治立场上如此一致!尽管他们

---

① 丹·布朗:《达·芬奇密码》,朱振武、吴晟、周元晓译,上海人民出版社2004年版,第113—114页。

在生理性别上有男女之分,但是他们共同的新时代信仰使这种区别完全淡化了。罗琳本人于2004年获得英国最古老的大学之一爱丁堡大学的荣誉博士学位,但她还不能算正统学院派学者。卡斯塔尼达本人在加州大学攻读人类学博士学位,是典型的学院知识分子。而丹·布朗现在让美国第一高校——也是全美最古老的高校哈佛大学的学者也走入了民间异端宗教

苏美尔女神群像(摄于卢浮宫)

复兴运动的核心位置。其言外之意是深远的:作为西方现代性的教育、知识、科学之标志的最高学府的教授,兰登在课堂上讲的是什么呢?能够从黄金分割、五角星、十字架中解读出女神象征意义的这位学者,充分表明了一部分学院派的知识分子与新时代的认同关系。这正是《达·芬奇密码》值得我们特别关注的地方。

至于新时代人为什么要求恢复女神的信念的问题,小说也没有忘记加以正面的说明。如第二十八章的另一段,讲到上古女神时代结束,大地母亲已经变成了男人的世界,毁灭之神和战争正在夺去无数人的生命。男性时代已经延续了两千多年,而没有受到女性的阻挠。郇山隐修会认为,正是由于女性的神圣地位在现代生活中的被剥夺才造成了"生活的不平衡"——即霍皮族印第安人所说的"koyanisquatsi"。这种"不平衡"状态的显著表现是由睾丸激素诱发的战争不时打响,人们对于大地母亲也愈发不

敬。人与自然、人与人之间关系的彻底失衡,可以说是人类群体性的忘本的结果。恢复女神信念则带有精神拯救和文化治疗的性质。

  由男性的睾丸激素直接诱发暴力和战争,这样的判断在学理上能否成立,肯定会有好一番争论,我们暂且存而不论。而这种对和平的强烈呼吁,对平衡的渴望和不懈追求,也许就是在世人对战争和杀戮已经司空见惯,人体炸弹和恐怖主义肆虐全球的今天,新时代人的女神文化理想的积极意义所在吧!

第八章 猫头鹰重新降临
——现代巫术的文化阐释

现代巫术—魔法的复兴热潮,可以在世纪之交的全世界范围里长久地震撼文艺界的小说和电影《哈利·波特》以及《指环王》(魔戒)那里得到一个缩影。影片《哈利·波特》的开始,猫头鹰作为传递魔法学校信息的神秘使者,给现代的观影人留下了强烈的印象。然而,在过去的两千年中,基督教文化占统治地位,猫头鹰的形象因其异教的背景色彩而受到排斥和压抑。《哈利·波特》又是怎么样让另类的猫头鹰作为正面的象征重新复活于当今的意识呢?

一、巫术旋风反叛现代性

说到"现代巫术",我国的读书界乃至大众传媒对这个词组还十分陌生,而这个带有东方宗教复兴运动性质的新兴宗教运动在西方世界已经流行了一个世纪。"现代巫术"又可以叫作"新巫术"或"新萨满主义",它是当代西方人反叛传统基督教,借助在教会和教堂以外的异教(尤其是非西方的宗教)和原始宗教的修持方式,来重建人的精神信仰和自然灵性的所谓"新时代运动"的一个重要组成部分。[①] 作为对资本主义工业化和现代性的逆向反应,其影响力所及,上自学院派的都市知识精英,下至乡镇社区的贫民百姓,日益形成一种精神追求的文化风潮,波及文学艺术和人文学科、心理学、宗教学、精神医学以及日常生活方式,至今仍在迅猛发展和普及之中。[②] 像《哈利·波特》和《指环王》这样轰动的作品,也只有还原到这个新宗教运动的背景之中,才能得到充分和恰当的解释。《哈利·波特》主人公是巫师的后代,他如何继承父母的职业,厌弃现代商业社会的现实

古代近东鸟头女神

的一切价值而醉心于幻想世界中巫术魔法的学习,成为作品的中心故事;而《指环王》中的甘道夫自己就是正义巫师,在同以欲望为驱动的邪恶和强暴势力的殊死斗争中,承担起了过去只有基督教的主教和牧师们才能承担的精神领袖作用。无论是哈利·波特还是甘道夫,作为正面形象,他们力量的来源既不依赖上帝也不靠理性,可以说依靠的完全是与现代性背道而驰的巫术魔法,来自异教的猫头鹰所象征的神秘灵界。

[①] 关于新时代运动,参看《超越新时代:探求多样的精神性》(*Beyond New Age: Exploring Alternative Spirituality*, Edinburgh University Press, 2000)一书。

[②] 新巫术运动在美国的蓬勃发展,可参看:Raymond Buckland, *Witch craft from the Inside, Origins of the Fastest Growing Religious Movement in America*, Llewellyn Publications, 2001。

把文学艺术史的变化和思想史的进程结合起来看,就可找到猫头鹰重新降临现代社会的原因。资本主义与艺术的敌对性这一理论命题,早自黑格尔和马克思的时代就已经为人们所熟悉。机械复制的雷同性生产方式给人性带来的扭曲异化,商品拜物教对人的本真精神和原始的幻想能力的摧残,也已经从《高老头》和《葛朗台》所代表的资本积累时代发展到了《推销员之死》所代表的后工业时代。跨国公司和国际垄断资本在20世纪后期已成为主宰传媒和艺术生产的主导性力量。既然资本的合法性早已祭起了"理性"这面威风八面的大旗,于是反抗资本主义合法秩序的努力就自然转向"理性"的对立面去汲取力量和灵感。借助于古老的巫术来拯救日渐萎缩和枯干的幻想力,从而给扭曲变形的审美艺术提供起死回生的希望和原动力,是自毕加索、达利、布列东和加西亚·马尔克斯们以来,久经积累而形成的一道文学艺术家的统一战线。大家与巫术所代表的那种前资本主义和前商品拜物教的思维和感知方式相认同,使巫术与理性、巫术与基督教对立的天平开始向巫术一方倾斜。而来自爱丁堡中世纪古城的罗琳则直接以母亲讲述魔幻故事的方式把巫术性的感知—思维世界呈现给我们,对于"幻想/理性"的对立尚未定型的少年儿童来说,这个巫术世界的真实性似乎不亚于现实世界。魔法文学从内部解构的东西,实际上也正是19世纪黑格尔所推崇的资产阶级理性精神和20世纪韦伯所说的资本主义赖以生根的所谓"基督教新教精神"。

"女巫的灵性"(2003年12月摄于维也纳)

当学院派的教授们还在讲堂上讨论现代性的利弊得失时,来自民间的女作者罗琳用她的另类思维给我们描绘了一幅异常生动的反讽性图景,那就是"麻瓜们"的现代性:沉溺于物质主义的当今芸芸众生就像哈利·波特姨妈姨夫一家人,除了追求市场利润和平庸世俗享乐以外,已经逐渐丧失了人对自然宇宙的敬畏与神秘感,成为与大千世界万种生灵完全隔绝的城市动物园中日益痴呆和异化的动物。恢复原始人性的途径就是回到前工业社会或前资本主义的巫术/魔法思维与感知传统,那是植根于千百万年的人类生存实践的精神传统。

回顾一下20世纪文学自超现实主义革命到魔幻现实主义繁荣的基本线索,就可看出,《哈利·波特》中那种的魔法学校绝非异想天开的产物,它已经同现代性对立和并存一两个世纪了。更确切地说,传授魔法的传统早有其深远的根源,它不光比资本主义和基督教的传统都更加深厚,而且甚至比文明本身还要悠久得多。人类学上曾把这种传统称为"原始思维"。

随着殖民时代的西方理性文化的大扩张,早期的进化论派人类学把人类精神的进化划分成三阶段模式,那就是由弗雷泽《金枝》所提出的"巫术—宗教—科学"模式(与之相应的还有摩尔根提出的婚姻家庭进化与社会进化的五阶段模式)。按照这种直线进化尺度,如果说西方理性代表进化的最高阶段即科学,那么所有的非西方文化则分别被归入不同等级的低级阶段或原始阶段。大部分无文字社会被指为野蛮落后的巫术阶段,也就是顺理成章的了。然而,随着西方现代性的展开和危机加深,随着后殖民时代的到来,西方价值观内部出现了反叛和分裂,以理性、科学为进化精英的自我标榜不再像以往那样具有迷惑力和号召力了。越来越多的人意识到,过去被西方人的理性所压抑和蔑视的"原始"和"野蛮"的东西,才是更加符合自然宇宙生命的生存状态的东西,是逃避现代性社会的风险与危机、从物欲的痴迷中解救人类精神的良药秘方。

西方现代主义的文学家和艺术家之所以表现出对原始思维和原始文化的执着向往,理由在于,一个受工具理性和实用主义伦理支配的世俗世界,当然是压抑个性和缺乏诗意幻想的世界。复归原始则意味着找回失落已久的诗性智慧的美妙世界,恢复人与自然万物之间的原初亲缘关系。超现实主义的兴起可以说代表着一批法国文人面对"现代思维"与"原始思维"的对立而做出的反向认同的选择。如果仅从文学史自身的角度看,超现实主义似乎只是脱胎于达达主义的一个反传统流派;但是还原到人类学与社会学对原始文化他者的再发现这一大背景上看,超现实主义便是自觉地投身于"原始性",藉此反叛现代性、逃避资本主义现实压迫的一种思想运动,其后继者和种种反响充满了20世纪的西方世界。安德列·布列东在《什么是超现实主义》中写道:"如今仍然盛行的绝对的理性主义不容许考虑与我们的经验并非密切相关的任何事实。另一方面,我们不懂得逻辑的目的……在文明的幌子下,借口进步,所有被正确地或错误地视为幻想或迷信的东西都已置之脑后,一切不合惯例的探求真理的努力都受到排斥。"[1]由此可以看出,以摆脱理性控制、批判文明的幌子、消解逻辑思维为特色的超现实主义,旨在通过艺术幻想为现代人

巫师长的妆饰(摄于阿姆斯特丹热带博物馆)

重新找回原初的或原始的心灵纯净状态,即列维-布留尔所说的"前逻辑的"的原始思维状态。世纪之交出现的以《哈利·波特》为代表的魔法文学热,将这种巫术思维普及到当今的高科技社会。[2]

巫术或称"法术"(magic)。受到超现实主义文学强烈影响,并且从美洲印第安的巫术思维与神话幻觉中汲取灵感的拉美现代文学,干脆把巫术

---

[1] 布列东:《什么是超现实主义》,见伍蠡甫等编:《现代西方文论选》,上海译文出版社1983年版,第170—171页。

[2] 参看叶舒宪:《巫术思维与文学的复生:〈哈利·波特〉现象的文化阐释》,载《文艺研究》2002年第3期。

思维作为创作想象的基本特质,用来命名20世纪最有成就的跨国文学流派——魔幻现实主义。中译为"魔幻"(magic)的这个词其实就是英文中通常指称"巫术""法术"的同一个词。因此,魔幻现实主义也就是巫术思维引导下的现实主义。而打破理性与非理性、幻觉与现实、生前与死后、自然与超自然、人与物的种种界限的法宝不是别的,就是重新进入巫术或法术思维的境界之中。

非洲巫风艺术

凤翔木板年画张天师驱五毒　　卡通化的鸮神(摄于维也纳魔法公园)

阿斯图里亚斯的代表作《危地马拉的传说》(1930)便是回归巫术思维的例子。书中《文身女》一篇以玛雅女神玛尔玛特的隐身幻术为基础,揭示了人性的原始纯朴如何在资本主义的拜金主义腐蚀下走向堕落,又如何凭借原始思维或巫术思维对抗邪恶,复归于朴。作者让古代印第安人的隐身术神话帮助今人战胜金钱统治,重获人性的自由。这一主题将"原始性与理想/现代性与罪恶"的对立贯穿于小说之中,显示了魔幻现实主义在批判西方现代性方面的文化认同倾向。

超现实主义希望通过艺术方式返回原始的心灵状态,艺术家是这样想的,也是这样做的。1947年,在巴黎举办的超现实主义展会上,一幅令观众迷惑不解的代表作便是受巫术的启示而制成的苦难循环图;1953年创办的超现实主义新刊物叫《通灵者》(*Medium*);而布列东在1957年发表的书也叫《巫术》(*L' art magiqne*);至于超现实主义画家如萨尔瓦多、达利、伊夫、唐居伊、雷内、马格利特、马克斯·恩斯特等人对原始艺术的再发现与再阐释,足以形成一场现代巫术艺术复兴的浪潮。至于在创作方式上使超现实主义独超众类的大秘诀——自动写作,如果抛开弗洛伊德等人的精神分析学理论背景,其实也很简单,就是回归到理性权威确立之前的法术权威之下。只要引用布列东的夫子自道就非常明白了:"自动作用承之于巫师"①。有了上述的文学史脉络的回顾,再回来看新旧世纪交替之际出现的这场空前规模的《哈利·波特》旋风,我们就不至于被其强健的风头所迷惑了。也许,由于对风源的准确把握,人们可以透过媒体炒作的重重迷雾,对这种后现代的文学现象背后的价值冲突与文化趋向有敏锐的洞察。

二、巫术复兴与新萨满主义

人类学与比较宗教学家对于巫术现象的认识,由于经历了20世纪的萨满教研究热潮而获得新的共识。那就是把巫术看成与萨满教相关或相通的跨文化的宗教活动。于是,关于萨满教的某些认识也适用于理解巫术。在一些语境中,巫师与萨满几乎成为了同义词,可以相互替换使用。一般认为,萨满教属于人类最古老的宗教形式,其发生是以万物有灵的世界观为观念基础的。根据人类学者哈利法克斯(Joan Halifax)的归纳,萨

---

① 转引自 C·W·E·比格斯比:《达达与超现实主义》,黎志煌译,花山文艺出版社1989年版,第51页。

满—巫术的基本特征有以下几方面：一种入社仪式的危机；一种对幻想的追求，考验，或者分解与复原的体验，圣树或者宇宙柱，灵光，出入上中下三界的能力，进入出神状态的能力，医疗能力以及在社群与非常态的世界之间沟通的能力。①

维特斯基（Piers Vitebsky）则强调，萨满教不是一种独立的、统一的宗教，而是一种跨文化的宗教感觉与现象。萨满教的母题、主题和特征出现在人类的整个历史、宗教和心理之中。②

非洲法术面具

从渊源上看，巫—萨满的传统可谓深厚无比：从我们的石器时代的祖先开始，一直延续到今天。用哈利法克斯的话说，萨满这种神秘的祭祀与政治性的人物，从旧石器时代早期就出现了，也许可以追溯到尼安德特人的时代。③比较宗教学认为，萨满教的意识状态之所以能够达到这种神秘的物我合一境界，就是因为萨满思维建立在人与物之间相互感应的基础上。狩猎的生活方式决定了人靠自然的赐予而生存。萨满教的中心作用在于使人取得所需。

南美萨满教面具

---

① Joan Halifax, *Shamanic Voices: A Survey of Visionary Narratives*, Penguin, 1991, chapter 1.
② Piers Vitebsky, *The Shaman: Voyages of the Soul, Trance, Ecstasy and Healing from Siberia to the Arctic.* 1995. p. 6.
③ Joan Halifax, *Shamanic Voices: A Survey of Visionary Narratives*, Penguin, 1991. p. 3.

人们相信动物是有灵的,与人的灵魂是可以交流的。只有获得动物灵魂的同意,才可以去猎取动物。萨满是族人的代表,帮助族人获得好运,打到猎物,取得动物的血肉,以维持生命。猎人需要通过规定的仪式才能取得猎物。人生活在人和兽交换的状态,萨满的职责是让人偿还得少一些、晚一些,从动物那里获得得及时一些。所以萨满要有能力取悦自然与神灵,从而保证部落获得实惠。萨满教思维不把主体和客体相对立,也就不把人和自然相对立。由此看,所谓"原始思维"发源于人与自然的非对立关系,自有它合理的和优越的一面。如今西方盛行的新萨满主义运动,就是希望回归到这种天人关系,挽救包括人类在内的地球生灵,从而避免生态灾难。[①]从这一意义上看,被列维－布留尔视为"低级"落后的原始思维,倒是今日西方文明人需要有所学习和效法的。

与认识上的这种根本变化相对应,过去对巫术和巫师的种种偏见得到颠覆。正义巫师的新形象不仅出现在魔法文学中,而且也成为重新解说历史和宗教人物的契机。墨顿·史密斯(Morton Smith)的著作《基督是巫师》[②]便是一个例子。史密斯从《福音书》里记述的基督用手的触摸就可以疗治疑难绝症,以及他能够在水面上行走等特异情况着眼,把基督看作一个功力非凡的大巫师,这是解释基督的巨大精神号召力和凝聚力的一个新观点。

苏格拉底也是一样,这位被崇奉为西方哲学第一位哲人的希腊人,其实也是和古老的巫术的秘传宗教传统密切相关的。研究古希腊秘传哲学的罗伯特·麦克戴莫就认为:苏格拉底也和秘传宗教的活动有关。柏拉图就谈到苏格拉底好几次进入出神状态,有一次他站着出神竟达 24 小时之久。[③]柏拉图作为苏格拉底的弟子是不是也和巫术传统有关系呢?只要看一看柏拉图关于诗人的灵感来源于迷狂状态的神秘说教,就可以明白了。

---

① 参看叶舒宪:《新萨满主义与西方的寻根文学:从"唐望故事"到〈塞莱斯廷预言〉》,载《东方丛刊》2002 年第 4 辑。
② Jesus the Magician, *Charlatanor Sun of God*, Berkeley: Seastone, 1978.
③ 参看索罗门、希金斯:《从非洲到禅:不同样式的哲学》,俞宣孟等译,上海人民出版社 2003 年版,第 360 页。

柏拉图描述的这种精神的迷狂正是萨满巫师出神状态的真实写照。文明人逐渐遗忘了这一非凡的精神本领,遂以为诗人迷狂中得到的是神灵的启示。其实最早的诗人就是法术般地掌握着语言的魔力的萨满巫师们!难怪深受萨满教理论熏陶的日本学者藤也岩友认为中国古代最早的大诗人屈原本为能够上天入地的巫,整个楚辞这样的诗体都属于"巫系文学"的范畴(参看藤野岩友《巫系文学论》)。藤野岩友的这种观点对于尚未接触萨满教知识的中国文学研究界来说,当然显得十分刺耳,引发激烈的反应也在所难免。其实在藤野之前,艾利亚德的经典著作《萨满教》中已经提出了楚辞中的魂游与升天等母题与萨满巫术的关系问题。

　　哈诺(Michael Harner)提出,人的意识大致可以分为两种状态,即"意识的正常状态"(Ordinary State of Consciousness, OSC)与"意识的萨满状态"(Shamanic State of Consciousness, SSC)。① 巫师在和另一世界进行沟通时,正是通过意识的萨满状态来实现的。用正常状态的意识无法进入和了解萨满状态的意识,反之亦然。所以,萨满的凭灵与飞翔(幻游)等特殊本领,只有从这种特殊的意识状态才可以得到真正的理解。

　　从改变意识状态的技术角度来理解萨满教,它可以说是通过意识状态的改变来改变人类生命和人类社会的那些专家们所掌握的一项神秘技术,那些专家们认为他们所追求的那个另外的世界的现实要比日常经验的世界更为根本,也更为重要。艾利亚德也正是从脱魂技术角度来定义萨满教的。我们在什么情况下需要这种专门的技术呢?当你觉得现实生活完美无缺的时候,当然无须去改变你的意识状态。而当你在现实中感到压抑和禁闭,要求精神的解

三星堆出土师铜像

---

① 参看 Michael Harner, *The Way of the Shaman*, San Francisco: Harper. 1990。

脱和飞升时,脱魂技术就派上用场了。从这一意义上看,萨满教的存在犹如一种技术的麻醉药品。史前脱魂术的广泛运用本来就同麻醉致幻药用植物的使用密切相关。只要浏览一下保罗·德弗罗的《漫长旅行:药物致幻的史前史》[1],就会对此种已有数万年历史的人类最古老的调控精神技术肃然起敬。熟悉中国古典文学的人可以参考蔡大成的《楚巫的致幻方术》[2]一文,从中了解迷狂与诗歌灵感在中国本土的深厚渊源。而对现代西方艺术中萨满巫术影响有兴趣的人最好去读图文并茂的大书《睁眼做梦:20世纪艺术与文化中的萨满教》[3],从而大致了解西方美术界与音乐界方面对萨满教复兴运动的强烈回应。

三、巫术复兴与后殖民主义

当代新兴宗教研究者在方法论上的一个重要转变是,只待在学院里依据文献从事研究的传统方法受到挑战。没有对信仰者的信仰实践和宗教氛围的感同身受的体验,所谓客观地把握研究对象是靠不住的。学院派出身但是对新兴宗教运动抱有同情的英国人类学博士苏珊·格林伍德(Susan Greenwood),最近推出了《魔法与巫术百科全书》[4]。除了讲述新时代运动与现代巫术复兴的密切关系,还特别介绍美国的女性主义女巫(Feminist witchcraft)的运动,以及流行于欧美发达国家的新萨满主义运动。她使用"西方萨满教"这个词来区分当代萨满教复兴与古代萨满教传统的界限。她指出,当代的西方萨满教产生的前提是对认识方式的重新理解。这种新的理解直接受到如下观念的启示:萨满教是人类最古老的精神性存在方式。与之相比,西方思想传统发展至今几乎在资本主义的物质追逐中丧失了精神性存在的生长空间。西方当代的实践者放弃逻辑理性的认识方

---

[1] Paul Devereux, *The Long Trip: A Prehistory of Psychedelia*, Penguin/Arkana, 1997.
[2] 参看蔡大成:《楚巫的致幻方术:高唐神女传说解读》,见马昌仪编:《中国神话学文论选萃》(下编),中国广播电视出版社1994年版,第580—594页。
[3] *Dreaming with Open Eyes: Shamanism in 20 Century Art and Culture*, Aquarian, 1992.
[4] Susan Greenwood, *The Encyclopedia of Magic & Witchcraft*, Lorenz Books Ltd., 2001.

式,转而向萨满教学习,目的是"寻求恢复性治疗和创造与自然联系的原始方法"。他们的练习方式包括击鼓运动和徒步旅行,希望通过这样的活动同另一世界的精灵相互接触,开启内心觉悟的新状态。

　　从古代的萨满教到今日的新萨满主义,不仅是简单的宗教传承现象,而是在不同时空的社会背景上发生的两种宗教现象。人类学者鲍伊在新著《宗教人类学》一书第七章"萨满教"就区分了"北极地区的萨满教"与"西方工业化社会的萨满教"两个不同领域。① 大致说来,北极地区的萨满教或古代的萨满教是以少数萨满—巫师为核心的宗教文化现象,而当代流行西方的萨满教则确信一种个人精神觉悟之工具的萨满技术,只要通过学习而掌握此种身心自我调控技术,人人都可以成为萨满。鲍伊又举出当代新萨满教主义的代表——卡斯塔尼达对改变现实的文学描绘,以及哈奈尔的萨满鼓小组的实践,加以评价说:"他们成功地把新时代思维同精神分析活动、大众文化以及对异国情调的史前的和原住民的'他者'的向往结合了起来,同寻根和探求古代智慧的激情结合了起来。对许多人来说,这种结合是很实际的。"另一位英国人类学家帕金试图从身体人类学角度回答"当代人为什么需要萨满教"和"魔法究竟能给消费社会带来一些什么"的问题,他认为主客体间的转换是关键。

河北涉县娲皇宫女娲像

　　　　最值得一提的是萨满(shaman),据说它既可以是动物,也可以是客体。这种转换性的世界,实际上与马克思所说的商品拜物

---

① Fiona Bowie, *The Anthropology of Religion*, Oxford: Blackwell Publishers, 2000, pp. 197-208, 209-214。

教的观点是相对立的。商品拜物教是一个过程,在这个过程中,人们之间的社会关系表现出了一种看待事物之间关系的虚构形式。①

我们从这里不难理解新萨满主义实践者们借助于古老萨满技术超越资本主义世俗社会的物质主义生活方式、实现精神自我更新的再启蒙追求。美国人类学家卡斯尼内达是这场西方文明人向"原始"文化学习的一个代表。就在艾利亚德发表他的《萨满教》巨著四年后,卡斯塔尼达的系列小说第一部《唐望的教诲:亚基文化的知识系统》在美国问世,迅速引起读书界的巨大轰动。这促使他又写了第二本书《另一种真实》,以及第三本《前往伊斯特兰的旅程》。书中对理性权威的挑战体现出明显的后殖民语境的立场:反思代表理性的殖民者如何压抑和灭绝原始文化,如今厌弃金钱社会的西方人如何需要从原始文化中获得改弦易辙的力量和启示。小说《前往伊斯特兰的旅程》这样写道:

> 言语文字的思考萌生了理性,理性的力量终于在欧洲启蒙时代以科技的形式开花结果,船坚炮利的强国开始掠夺纵横世界,欧洲文化对于美洲新大陆的侵略是不折不扣的浩劫,原来残存的古代智慧被视为异端,几乎遭到赶尽杀绝的命运。
>
> 在这种极端的压力下,古代智慧残存的知识分子以生命为代价,开始对他们的传承进行彻底的检讨,结果他脱胎换骨,放弃了宗教的形式,诞生出一种抽象而极有效率的修行之道,重新强调完整意识的追求及精神上的最高自由。

后殖民的价值观对于西方中心主义和白人优越一类的传统偏见具有

---

① 大卫·帕金(David Parkin):《英国的当代人类学中存在一种新物质性吗?》,见马戎、周星主编:《21世纪:文化自觉与跨文化对话(一)》,北京大学出版社2001年版,第262页。

颠覆性。一位受西方理性知识教育的白人学者，拜倒在"野蛮人"的代表印第安巫师唐望的脚下，犹如庄子笔下的孔子见老子那样谦卑，像婴儿学步那样显得滑稽。与古老的印第安秘传智慧所达到的思想和精神境界相比，西方人崇奉的知识和理性变成了像无知和狂妄一样可笑的东西。数以百万计的西方读者从小说中得到的不再是《鲁滨逊漂流记》那样的异域和异族风情的猎奇，而是文化相对主义的再启蒙和再教育：如何摆脱自亚里斯多德时代以来的文化自我中心意识，虚心向"他者"重新学习。在卡斯塔尼达的另一部作品《寂静的知识：巫师与人类学家的对话》中，作者半描述半说教地给出了重新学习的理由与方法。唐望对弟子说，从普通人的观点看，巫术是一派胡言，或超出理解的神秘邪术，这样的看法虽充满偏见，却也不能说错，因为普通人缺乏掌握巫术的能量。

雅典学苑的猫头鹰

唐望的话让我们联想到古希腊智慧女神雅典娜为何以猫头鹰为象征，原来猫头鹰所代表的巫术智慧不是我们理性人所追求的智慧。雅典的学院虽然也把雅典娜和猫头鹰雕像作为标志，但是学院里所传授的理性知

猫头鹰的降临（荷兰莱顿的新时代书店）

识其实已经背离了猫头鹰的神秘世界。

和佛教的开悟式解脱一样，《寂静的知识》结尾让印第安巫师用充满灵性的比喻语言对巫术作了如下的诠释，我们姑且引用来作为本文的结尾：

> 人类意识像是一间巨大的鬼屋，日常的意识则像是一辈子被关在其中一个房间里。我们通过一个奇妙的入口进入那房间，那入口就是我们的出生；我们也能通过一个奇妙的出口离开那房间，那出口是我们的死亡。
>
> 但是巫师能够找到其他的出入口，能够在活着时离开那房间，那是项伟大的成就。但他们最惊人的成就是，当他们逃离那

小房间时,他们选择的是自由。①

如果说十字架是这一世界的自由象征,那么猫头鹰应该是被我们遗忘的另一世界的自由标记。

---

① 卡洛斯·卡斯塔尼达:《寂静的知识》,鲁宓译,内蒙古人民出版社1998年版,第247—248页。

第九章　神话智慧与文明反思
——文化寻根的哲学话语谱系

哲学这个词在希腊文的意思等于"爱智慧",而智慧产生的根源就在于求生存的原始经验。

文明人的自大所导致的理智的盲区就在于,人忘记、蔑视和压抑了文明之前的"原始"智慧,即以盲人之导师荷马为特殊形象的那种口传文化的深远传统之智慧。

为哲学鸣锣开道的希腊哲学家柏拉图站出来公开攻击、指责盲人导师荷马,诋毁神话和诗人,这表明希腊文明对原始智慧压抑和排斥的开端。

索福克勒斯《俄狄浦斯王》所代表的原始智慧的声音,被早期哲学家的巨大权威所压制下去。

德国在19世纪是世界上产生哲人最多的国度,而20世纪却产生了法西斯狂人的灾难。于是,海德格尔要求彻底清算西方思想的异化历程,提出哲学回到原点——回到柏拉图之前的状态。但是如何回去呢?在柏拉图的对话体之前,并没有更古老的哲学文本留存下来,怎么办呢?

就在哲学止步的地方,文化人类学开始启程了。

忒瑞西阿斯的智慧代表的是文明的对立面,即文明之前身——原始文化的智慧、口传文化的智慧。它和俄狄浦斯代表的文明的智慧较量一场,结果还是原始文化的智慧获得全面胜利。俄狄浦斯的自刺双眼与自我流放,意味着文明的第一次自我否定与自我批判!

本章主要通过探讨俄狄浦斯的双眼、高更的选择、"根"与"跟"、文化寻根的话语分析等几个问题来对现代文明进行反思。

一、俄狄浦斯的双眼

《俄狄浦斯王》作为古希腊文学乃至西方文明史中最富有哲理性和召唤性的作品,其理论蕴含几乎是无穷尽的。我们对文明的反思和对文化寻根思潮的"寻根"也与这部作品息息相关。因而在谈论"现代性危机与文明反思"这样宏大的问题时,有必要从"俄狄浦斯的双眼"开始我们的思考。

那么,为什么要这样呢?众所周知,从文明人产生自大狂以来,人类在文化上习惯于将自己的民族和文化看成"文明的"或"高等的",而将没有文明的人列称为"原始的""蒙昧的""野蛮的"人。文明的"明"就是与这些概念相对的。摩尔根的《古代社会》全称就是《古代社会或人类从蒙昧时代经过野蛮时代到文明时代的发展过程的研究》。俄狄浦斯神话则暗示我们在古希腊城邦文明建立之际,古希腊的神话就对文明的问题展开了非常深刻的反思。在该神话结局中,我们知道俄狄浦斯最后自刺双眼。他的双眼不是天生的瞎,当然也不同于笔者在《〈诗经〉的文化阐释》中所提到的"瞽""矇""瞍"。那么他为什么要自刺双眼呢?这故事的深刻性就在于俄狄浦斯当时被认为是全人类最智慧、最聪明的人。他一开始就有一个对立面——"斯芬克斯的谜语"。当时所有的人都猜不透"斯芬克斯的谜语",因而凡是路过忒拜城邦的人都要被它吃掉、丧命。而我们的主人公俄狄浦斯猜破了这个谜语。这使得"人妖大战"到此结束。斯芬克斯落到了或"跳崖而死"或"落荒而逃"的结局。不管怎样,"人妖大战"人的"胜利"与"人"这一主题的开拓确定了文明城邦人的无上权威。如果我们把斯芬克斯看成是大自然的暴力,是野蛮和原始的,那么战胜它的就是文明城邦新的领袖——俄狄浦斯。俄狄浦斯自然而然地成为了文明城邦的

雅典的帕特农神庙

希腊瓶画斯芬克斯

国王。做了国王以后的俄狄浦斯的悲惨和苦难在索福克勒斯的《俄狄浦斯王》中被书写得淋漓尽致。而作为剧本的结局，俄狄浦斯虽然被看成是人间最有智慧、最聪明的人，是当时的文明城邦人的最高代表，是最高文明中的最高代表——只有他能猜破斯芬克斯的谜语,只有他能战胜斯芬克斯,但结果这个最文明,也就是心最明眼最亮的代表证明他自己的眼睛在某方面是"有眼无珠"的,或者说是有眼睛而没有视力的。在此,古希腊人就把"明"和"矇"的辩证关系通过塑造"俄狄浦斯"这样一个形象永久地告诉后人。俄狄浦斯自刺双眼在我们看来是非常不可思议的,自刺完了还要自我流放。他再也不是文明城邦的一员了,他要到蛮荒、荒野中去寻找他的生命延续的可能性。这种自我惩罚的力度是惊人的,这其实也象征着对文明自大及其后果的严厉惩罚。

这样,俄狄浦斯的双眼就告诉我们这样一个深刻的道理:我们自以为是"明"的东西,文明人自以为看得非常分明的东西往往可能是你根本看不清或看不到的,而没有眼睛的盲人却能洞察之。也就是说"盲"可能是"明","明"可能是"盲"。索福克勒斯在这一剧本中又给我们提供了一个跟荷马一样具有生理缺陷的人物,也就是《诗经》中提到的那些"瞽""矇""瞍"——一个盲人忒瑞西阿斯。他在宫廷中被认为是一个"盲预言家"。这个作品流传了两千多年,人们都记住了斯芬克斯和俄狄浦斯的关系,这位"盲预言家"却基本上被大部分人淡忘了。实际上这个故事的深刻哲理就寄寓在这个盲人形象中。是他在俄狄浦斯一进宫的时候就预言俄狄浦斯要遭难。忒瑞西阿斯没有眼睛,看不见,但是他能看透最微妙的东西:命运。古希腊人特别相信神谕,相信有人能在"阿波罗神庙"领取神的意志。而在他们眼里,只有预言师或占卜师等宗教神职人员才具有这种能力。那么为什么把文明城邦的最高智慧落实在俄狄浦斯,而把盲人看成是一个宫廷中可有可无的人,这是一个值得深思的问题;不争的事实却是虽然他被视为是一个可有可无的人,虽然他说的话没人信,但是他恰恰说中了。所以我们说如果这是索福克勒斯的全然创作,那么这个剧作家本人可以说就是一个哲人,深刻懂得"盲""盲目"与"盲心"之间的辩证关系的哲人。所以该剧本一开始是俄狄浦斯与斯芬克斯的斗争,后来却慢慢变成了俄狄浦斯当上了王以后,与忒瑞西阿斯的斗争:当时天下降下大瘟疫了,要找出罪魁祸首才能消除瘟疫。俄狄浦斯悬赏缉凶,并要"先知"道出真相:"你说是谁就是谁。"后来一个小孩领着忒瑞西阿斯登场了。当时歌队长(古希

现代版俄狄浦斯与斯芬克斯

腊戏剧都有歌队长）唱："可能指认罪犯的人来啦。看,他们把神似的先知请来了,只有一个人能知道真情。"试想,这么多心明眼亮的人都不知道真情,唯有一个瞎子能知道真情,作者为什么要这样安排剧中人物？他这就是对自以为"明"的理智的自大和理性的自大的一种反思。接下来俄狄浦斯开始说话了："啊！忒瑞西阿斯,天底下的一切事情,能说的,不能说的,你全告诉我吧！虽然你看不见,不管是用鸟声,还是别的预言树,你千万不能隐藏预兆而由你自己拯救城邦、拯救我。"神谕不是通过直接教训的语言说出来的,往往通过大自然的一些征兆、天象和一些动物的反常暗示出来。所以俄狄浦斯请求"你说出征兆,救的不是我,也包括你,也包括我们全部城邦。拯救我们全部的人,我全靠你了"。我们不妨想想,这盲人有什么本领能看到这一切呢？我们用道家的话说,这叫"内视"。盲人看不见外在世界,但他有一种所谓的"内视"。道行高的人能看见自己的"五脏六腑",把自己的内心当作了解世界的一面镜子,从里面看世界过去和未来所发生的种种。忒瑞西阿斯这样一位预言家深知俄狄浦斯就是罪犯,但他没法说,怎么办?他就在那儿绕圈、装糊涂。越是这样,俄狄浦斯越着急:你不说,罪犯就找不出来。所以最后俄狄浦斯就采取了激将法,激得忒瑞西阿斯来指控。如果你不说,你这瞎子就是凶手,我们就把你就地正法。盲人被逼得走投无路的时候才说明了真相。这一说让人不寒而栗:我告诉你吧,你大声追查的杀死阿因俄斯的凶手就在这里,就在他的眼前。凶手虽然是以外乡人身份来到忒拜,但是,实际上他是真正的忒拜人。凶手将要遭到厄运。他将由明眼人变成瞎子,由富翁变成穷汉。他将被驱逐出忒拜,丧失掉一切。① 为什么?他的眼睛虽然看不见当下,但是他能看见后边、前边。过去怎么样?未来怎么样?靠着拐杖,看着路,向外邦走去。他这话说的完全是对俄狄浦斯的过去、未来的一种回视和预见。后两句话可以说是预言俄狄浦斯自刺双眼、自我流放的命运。这个台词说出来,当场所有的人——舞台上、舞台下的观众,不管是古希腊的观众还是今天的观众——都被震惊了。一个瞎了眼的人依靠神赐的认知天赋,心眼独开,看到凡人无法看到的东西。而那明眼的、盲心的国王在逼迫盲眼而明心的占卜师道出真情以后,自己落到了心眼兼盲的悲惨境地。这故事与古希腊时代的神话信仰息息相关。在他们看来,人智和神智是判然有别的。虽然俄狄浦斯是人间最了不起的英雄,谁见了他都要俯首称臣,连妖斯芬克斯也落荒而逃。但他的智慧不能通天探地。更广大的智慧在背后,他不能理解,也无从捉摸。对这种智慧而言,他完全是个瞎子。只有那些占卜师、先知们才是代神立言者。他们虽然在人间看起来不起眼,却是神意(更高智慧)在人间的代理者。

因而,我们可以从古希腊这个最著名的悲剧,从俄狄浦斯和忒瑞西阿斯的对立与斗争的关系中清楚地看到人的自我意识和智慧在当时是非常有限的。而在文明刚刚建立的时候,对文明的深刻反思就这样开始了。这个反思本身就预示着一个"根"的问题。俄狄浦斯所犯下的一切——弑父也好,娶母也好——都是有前因后果的。俄狄浦斯从一出生就注定要背负

---

① 参见库恩:《古希腊的传说与神话》,秋枫、佩芸译,生活·读书·新知三联书店2002年版,第449—450页。

培根作俄狄浦斯神话

着这个命运。虽然他父母从占卜师那儿得知他的这一命运后,千方百计地想改变它,但结果却是孩子扔掉了,这"弑父娶母"的悲剧却没能避免。所以可以说索福克勒斯的作品思想之深沉足以让万代以后的人咀嚼无穷余味。它告诉我们:当时普遍认为人可以利用他们的智慧避免一些不好的命运,事实证明他们的这些智慧是有限的,在某些方面是无能为力的。人的这种自大是最可怕的。人不自大的话可能是"眼盲心亮",也可能是"心盲眼亮"。如果你自大的话就会像俄狄浦斯一样落个"心眼兼盲"的下场。这实质上是对所谓文明人自大心态的一种警示。

二、高更的反文明选择

高更作为19世纪著名的画家,和索福克勒斯相距两千年。文明初始的城邦也已经发展成了资本主义现实。跨越了两千年历史长河,法兰西首都巴黎著名的画家、艺术家高更用自己独特的方式延续了索福克勒斯对文明的反思这一主题。他厌弃了最高文明的象征——巴黎都市的繁华,只身一人来到了一个没有文明,所谓蒙昧的、原始的太平洋岛屿——塔西提岛。他用完全不同于资本主义文明艺术家的视野描绘出塔西提岛的所谓野蛮人的形象,其中女性居多,偶尔还有一些祭祀、崇拜和神像。他的取材、境界、润色和风格可以说和以前的西方艺术史分道扬镳,开辟了一个崭新的天地,向古老的绘画传统宣告了一个转向。在此之后,有很多人都对高更的艺术产生了近乎疯狂的回应。而高更有一幅画的标题更能引起我们共鸣——《我们从哪里来？我们是谁？我们往哪里去？》。从这幅画的标题我们不难看出,艺术家也背负着文明反思的沉重十字架。他在那一片充满原始人生活的岛屿上看到的是他的伊甸园理想的复原。如果说在资本主义的欧洲大陆上已无法找到复乐园的希望,我们的有生之年就只能在地球上另外的空间拓展上实现我们复乐园的理想。高更就是这样想,也是这样去实现他的理想的。遗憾的是,虽然这个标题对所有20世纪的人都应富有启示,但20世纪早期的人们在忙着去做他们要做的事而无意留意高更在画题中像预言诗那样警示我们的东西。在20世纪结束的时候,再一次重温高更的这句话,人们才发现一个世纪以前的他是一位天才的、具有超前智慧的思想者。他的思想不是用哲理、词典、词条告诉我们的,而是潜藏在他的五彩斑斓的塔西提岛的绘画中。

　　新的21世纪的开始,在世界上发生了一个与俄狄浦斯的故事类似的事件:人类文明的最高成就的象征——纽约世贸中心双塔遭到摧毁。从俄狄浦斯的自刺双眼到21世纪的自毁双塔,不能简单地视为巧合。这似乎在向我们暗示:在当今世界,有谁像美国那样骄傲和强大,那样傲视全球呢？结果怎样？所以说古老的对文明进行反思的课题是伴随人类文化的最重要的

"9·11"纽约双塔被毁

问题。这问题不解决,人类的宿命就可能像俄狄浦斯一样一次次自戕自毁。在当今世界,没有一个像忒瑞西阿斯一样的预言家能预言未来发生的事,因而现在我们最需要提出的问题就是要对文明进行不断的反思。高更厌弃文明向往原始,实质上就是文化寻根和文明反思的问题。他是在寻找文明的根,他就是想要越过现代化的繁华去看文明建立前那个最真诚的东西,所谓"豪华落尽见真纯"。所以说,文化寻根的问题说到底是一个对文明自身进行反思的问题。

三、"根"与"跟"的神话哲理

高更的三个问题一环扣一环地引导我们对"根"的思考。他寻根的实质是面向未来即"我们向何处去"的问题。在古代神话中则一而再、再而三地告诫人们千万不要忘记你是从哪里来的。一旦忘记,小则犯点小错误,大则你的生命就可能随风而去了。因而"根"的问题其实是一个生死攸关的问题。在古希腊神话中,另一意象"跟"也使"根"这一基本原型得到了鲜明的体现。《特洛伊》中,我们姑且不谈英雄阿喀琉斯的辉煌和英勇战斗,而是来看看他是怎么死的。他是人间的英雄,和俄狄浦斯一样是人间最聪明、最勇敢的。他母亲为了让他永生,白天用神酒擦他的身体,夜里在神火中煅烧他,还把他倒提着放在冥河中浸泡,以使他刀枪不入。只有他母亲手捏的脚跟,没有浸到冥河水,这就成了他全身唯一可以致命的弱点。长大后,他在特洛伊战争中屡建功勋,所向无敌,然而最后却被探知他的弱点

电影《特洛伊》中的阿喀琉斯

的希腊王子帕里斯用毒箭射进他的脚后跟而死。在这里,"跟"成了他致命的弱点。在古代社会人的意识中,人的头和谷子的头具有共同本质。头颅高高在上,似乎比"跟"重要得多。其实不然,人是生在天地之间的,所谓"顶天立地"。如果你只"顶天"不"立地",你有劲吗?所以这个神话告诉我们的道理太深刻了。他的这个"脚后跟"明确地告诉我们两个意象:

一是这世间唯一最英武的英雄是跟他的来源、他的根、他的母亲连在一起的。一旦离开他的母亲,他就什么也不是,或者说只有死路一条。他的一切能量、一切神武都有前因后果,都来自他母亲。二是他这脚后跟在神话中看似表达了一个很荒诞的情节,其实不然。那个情节用精神分析的眼光看,脚后跟相当于人在没脱离母体前与母亲连在一起的脐带。在弗洛伊德看来,阿喀琉斯的脚后跟连着他母亲的手,其实就是给你生命、让你强大的"脐带"的象征。一旦把你和你的生命来源割断,你只有离开这个世界。神话中这一根本的情节就在于阿喀琉斯最后被帕里斯王子一箭射中脚后跟,就被置于死地。当然他事先并不知道被射中的脚后跟是那么致命的地方。这一切偶然之中有生命的必然。

无独有偶的是巨人安泰。在古希腊神话中,英雄安泰是大地母亲的儿子。他只要身体不离开大地,就具有无穷的力量,就能所向无敌。但他有一个弱点,就是他一旦双脚离地,就虚弱得像个侏儒。为什么?同样道理:人类来自于大地母亲。大地是个最深沉的神话意象,可以说是滋生各种英雄神话的温床与摇篮。而在中国,先秦著名的思想家庄子就非常看中"脚后跟"。庄子曾说世人都生活在平庸的现实中,只有理想化的人、真人才生活在自由境界中。这些人与常人不一样的是凡人用口、鼻呼吸,而"真人吸以踵"。"踵"就是人与大地接壤的地方。他呼吸的是什么?我们常说人是"钟天地之灵秀"的,"人杰地灵"。这在我们看来只不过是一种修辞而已;而在庄子那儿,用"踵"呼吸的"真人"吸入的是苍苍茫茫的生命星球的无尽能量,他们是"吸风饮露、不食五谷"。他在文中用了大量诸如此类的语词把那些所谓的"真人"与我们现实中没有觉悟的俗人区分开来。20世纪80年代后期的著名影片《德克萨斯州的巴黎》用大量的镜头描绘人的脚步和鞋。这些都是用隐喻来告诉我们人的根就在于人的身体和大地母亲接触的地方——脚后跟。"根"的重要性在神话的智慧中一而再、再而三地得到强调。在汉语中就说"根深才叶茂""落叶归根""鸟飞返故乡"等。这些被一代又一代人重复言说着的话语都产生于农业社会的人把对文化寻根的强烈认同投射到动、植物身上。而最近的一部非常具有震撼力的影片——《迁徙的鸟》,更是把这种寻根意识表现得淋漓尽致。它让你看到人的残忍和鸟如何在后工业社会的垃圾中挣扎、求生存。可以说它是一部鸟的史诗,更是一部回归自然与关爱自然和大地母亲的史诗。

总之,不管是西方的阿喀琉斯、安泰,还是中国的老庄,他们这些被视为最勇敢、最智慧的人留给我们的重要遗产就是这样一个道理:人类与大地母亲之间是息息相通、性命攸关的。如果离开了根,离开了大地母亲,你的生活是平庸的,你的生命是危险的。

《迁徙的鸟》DVD 封面

四、文化寻根的话语谱系

熟悉中国当代文学的,都知道中国 20 世纪 80 年代出现了一个文学流派——寻根文学。其代表人物韩少功就曾写过《文学的"根"》一文。在文中他明确提出:"文学有'根',文学之'根'应深植于民族传说文化的土壤里,根不深,叶则难茂。"[①]当代作家的这种对"根"的自觉关注可视为 20 世

---

① 韩少功:《文学的"根"》,见韩少功著:《夜行者梦语:韩少功随笔》,知识出版社 1994 年版,第 14 页。

纪甚至19世纪后期以来世界性的文化寻根思潮在当代中国的一种表现。那么对文明的反思、对文化的寻根为什么在20世纪以来会成为世界性的、超越国家和语言界限的具有普泛意义的一种文化思潮？这种文化寻根的实质到底是什么？我们可以从文学寻根的话语分析入手探讨和思考这些问题。

文化寻根的话语分析主要有两个层面：一是日常语言和文学语言中的寻根；二是哲学话语中的寻根。前者主要是一种自我确证的方式，后者则是一种自我超越的方式。那么何谓自我确证和自我超越呢？

（一）日常语言和文学语言中的寻根

在西方所谓"言必称希腊"，在中国儒家则要"祖述尧舜、宪章文武"，这都可以看成是一种自我确证。它们反映了一种文化认同：我是一个西方人，我讲我的文明历史肯定从雅典娜女神开始。女神庇护下的雅典城邦出了众多伟大的文学家、哲学家、智者，如苏格拉底、柏拉图、歌德……可以说，我们的一切思想成果都是从古希腊开始的。"言必称希腊"实质上表现了西方文明的一种认同，可以说是一种文化上的认祖归宗，其目的就是通过自我身份的确认找到自豪自满的力量。同样如此，中国儒家文化的"祖述尧舜、宪章文武"也一样是给自己的文化找血脉之来源。这也是一种寻根。这种寻根一而再、再而三地发生在我们的日常生活和文学艺术中。我国在1996年5月正式启动的"夏商周断代工程"就是一种文化寻

雅典的苏格拉底囚牢

根。其目的就是要把我国有文字记载的文明史以科学的、严谨的、确凿的年代排序下来,就是要使中国文明能够和其他三大文明并驾齐驱,从而寻找我们民族的自信心。这样一种把自己的文化追溯到一个光荣的祖先时代的文化寻根是远古以来每个文明和每个文化都要做的。现今世界上所谓原始的澳洲土著人虽然有些部落尚处于旧石器时代,但他们的神话中同样追寻一个光辉灿烂的时代——梦幻时代。在澳洲人看来,在他们的远古就存在这样一个现在向往的时代。我们可以说这样一种寻根和追溯几乎与人类历史一样长久。但各个社会寻根的方式和内容却有着不同特征:在狩猎社会,人类不种庄稼,主要靠狩猎和采集获取大地母亲天然提供的东西以维持生命,不用织衣服,就直接拿树叶取暖和遮盖。用道家的话说就是"不耕而食,不织而衣"。在狩猎和采集社会,人类并没有把自己的生存与特定的空间固定在一起。在游牧时代也是如此。放牧牛羊的他们按照自然的变迁寻找最美好的水草,喂养自己的牛羊。所以在农业文明发明以前,这种寻根往往只是在时间上追溯自己的远祖。而在农业社会,人们的生活被束缚于土地,农民不能离开他辛勤开垦、耕耘的、为他提供粮食给养的土地。人类开始种植人工改造过的种子为自己生产口粮。这已不再是大地母亲天然赐予的。农业的发明就把人和特定的土地、空间联系起来。因而在文化寻根方面就突出表现在对植物的礼赞。如我们现在讲的"根",英文是"root",汉语中是"根",就是农业社会的概念。虽然如前述分析,有人把人类与大自然接触的地方称为"脚后跟",这"跟"还是从植物那儿类比来的。植物从地上拔起来就死了,而安泰和阿喀琉斯们如果割断了与给他生命的母亲的联系也只有死路一条。其实,这个比喻在农业社会就开始出现。当人类进入农业社会以后,人们开始把植物生长的结构与自己的生活、生长联系起来。所谓春、夏、秋、冬,春种秋实,这些有规律的东西都是农业社会提供给我们的。所以到了农业社会,根的意识超过了以往所有时代。与此同时,诸如"鸟飞返故乡兮,狐死必首丘"(屈原语)、"绿叶对根的情意"、"落叶归根"、"浪子回头思故乡"等话语反映出农业社会要把人类束缚于土地而建构出来的一种归根心态。这种心态一旦建立起来,你就不能离开生你养你的那个地方;即使你迫不得已离开,你也会想尽各种办法加以弥补。这在我们这样一个没有中断农业文明的国度尤为明显。每逢重阳节,一些华侨都要来到黄帝陵前抓一把黄土带回去,这或许也可视为对故乡之思的诠释。工业社会促进了科技和生产力的高速发展,但另一方面却使得人类把一万年农业社会以来建立的对土地、大自然的依赖连根拔起。经济的飞速发展也导致了现今世界储存了足以在顷刻之间把地球60多亿人连同我们所赖以生存的星球全部夷为平地的高端武器。可以说人类就是处于这样一个高危险的状态中,必须时刻提防这些"悬在头顶上的剑"。广岛、长崎的惨剧是半个世纪以前的事了,但留在人们心中的惨痛和恐怖是永远也无法忘却的。日本作家大江健三郎的小说中塑造的各种人物都留下了战争的记忆和阴影。再往前看,德国,那曾是一个令人向往的国度。19世纪,那里是思想的摇篮,是哲学家的故乡,出现了马克思、叔本华、康德、黑格尔这样一些世界闻名的哲学家和思想家。但20世纪却在这里出现了一个向人类挥舞屠刀的"疯子"。他是"疯子"吗?不,他这样做有他的理由——种族主义。这些都已经成为历史。但值得我们深思的是:为什么这样一个极端理性的国度就控制不了这样一个"疯子",却让他掌握权力呢?而环境问题更是成为工业社会时代无法回避和解决的大问题,由环境导致的人类健康问题时刻在吞噬着人的生命。所以我们可以说,今天的人类非常的脆弱。历史已经一次次地告诉我们,人类的理性不是万能的。极度的理性和极度的疯狂之间有时仅仅一步之隔,或者说两者之间就是一张纸的两面,理性翻过来就成了疯狂。所以说,人类对于根的问题的反思从来没有像今天这样迫切。我们如果对未来抱着盲目的乐观,结果就会像俄狄浦斯一样。我们应该清楚地意识到人类作为一个物种,是有最大限度的。就像俄狄浦斯的智慧永远也超不出神的智慧一样,人类来自于自然,永远也不要想凌驾于自然之上。

事实胜于雄辩。"悬在人类头顶上的剑"时刻在提醒我们:我们谁也无法肯定地说300年来这种飞速发展就是合理的,就能把人类引向美好的未来。我们不能不思考:人类如果不走这条路,有没有其他更好的路可走?"To be or not to be, that is a question",这句莎士比亚用以描写哈姆莱特的名言似乎可以用来反思人类文明的大问题。美国的一位人类学者威泽福

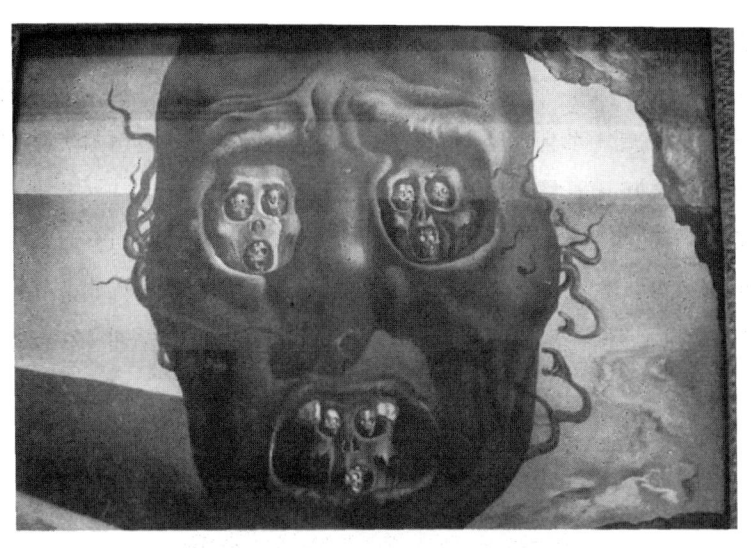

画家达利所表现的现代文明的梦魇

德曾写了一本书——*Savages and Civilization: Who will Survive?*（中文名为《文明人与野蛮人：谁将存活？》），对文明进行反思和警醒。他探讨的就是哪种生存方式对今天这生活在一个拥挤的星球上的60亿人来说更符合人类未来的理想。从他这本书中，我们可以清楚地意识到所谓文化寻根就是寻找人类未来"survive"的希望。而在今天，西方学院派的知识分子和非西方的民间知识分子看到了当今世界的能源危机和生态污染，感受到了悬在头上的剑，也意识到了大地母亲由于300年来工业化的破坏而百孔千疮，不堪重负。因而他们提出"重新向原始人学习"的口号，以求在原始社会中寻找未来通往伊甸园的希望。

（二）哲学话语中的寻根

忒瑞西阿斯神话作为西方文学史中不可多得的经典，我们已经解读了它的根本意义在于其中目盲与心盲之间的辩证关系。而要挖掘其更深的哲理思想，不能就此止步。我们更深入地思考，就会发现忒瑞西阿斯是盲人，但他与中国的瞽、矇完全不同。他不是天生的瞎子，而是因为犯了罪过而遭到惩罚。"罪"与"罚"这个主题实际上是西方文明几千年来的文学主题。无论是《圣经》的伊甸园还是古希腊的神话，这种犯罪遭罚的意象随处可见。那么忒瑞西阿斯究竟为何获罪呢？大概有三种说法：一是偷窥了他不该知道的神之间的秘密;二是在宙斯和赫拉的一次争执中,作为裁判得罪了赫拉;三是在不完全成熟的少年时代,不小心偷窥了母亲洗浴。不管是哪种原因获罪,都体现了一种思想:你不该看的、不该知道的东西,你就不要看,不要知道,否则将会遭到严酷的惩罚——把自己的眼睛弄瞎。而在其隐喻层面上,不仅仅是因为他看了不该看的东西,这实际上隐喻了母子之间的关系。弗洛伊德一眼就看出,该神话虽然没有直接写这种"恋母情结",实际上却暗含着这种情结。但是我们应该看到,在古希腊神话

《弗洛伊德与艺术》封面

语境中,虽然看起来忒瑞西阿斯是受了惩罚——双目失明,实际上是神赐的一种目盲,在目盲的同时获得了预知事物的能力,可以看见常人所无法看见的事物。这实际上是神把其独有的那种内视和洞见交给了这位盲人,所以可以说他的盲目是获得"心明"的代价。这样,我们对这一神话进行细致入微的品读,就会发现它实际上是体现罪与罚、盲目与洞见的辩证法的哲学。如果把这神话理解透了,就会发现忒瑞西阿斯的盲是原型,而俄狄浦斯的盲只不过是这种原型的置换变体而已。如果说忒瑞西阿斯窥见母体隐喻他犯了乱伦,那么俄狄浦斯是实际犯了乱伦,他已经娶了自己的母亲。所以这两个神话是息息相通的。而作品的关键就在于这个能预知天下灾难和人的命运的大智者,他的智慧和文明社会是毫无关系的。盲人

作为最高智慧的化身的传统是10万年之久的。这似乎告诉我们：如果文明人不知真正的智慧源头在哪里时，要回望口传文化、原始文化的智慧。不要以为你进入了文明，坐在王位上就可以为所欲为。这个故事的深刻性就在于它使寻根的主题穿越了整个文明的建立而回到史前，希望在那个被文明人称为愚昧的、原始的地方寻找真正大智慧的源头。这就是古希腊留给后人的文化遗产。在文明社会中，如果人类看不清自己的方向，找不到自己的路时，就可以也应该利用这些文化遗产。如果说把忒瑞西阿斯这样一个代表文明以前的蒙昧时代智慧的形象与俄狄浦斯遇到的妖怪斯芬克斯联系起来，可以又一次验证这个道理。

斯芬克斯是一个妖怪。我们可以把他视为城邦文明的对立面。她残暴、好杀，人到她面前，都要猜破她的谜语，否则就会被她吃掉。俄狄浦斯作为文明城邦的代表，表面上战胜了斯芬克斯，让她落荒而逃。实际上她的谜语是一个陷阱，凡是猜中了那谜语的人都要陷入他的陷阱，猜不中就得死。所以面对她实际上没有胜者。精神分析学家对斯芬克斯的形象进行了深入挖掘，发现斯芬克斯在神话中跟原始的、混沌的母神系统联系在一起，她是作为最原始的因素出现在文明城邦的。表面上看是文明人猜破了谜语，斯芬克斯落荒而逃，结果猜中谜语的人必然要陷入杀父娶母的厄运。这种做出违反人伦的事情的人还算人吗？

可见，在这一神话中，作者刻意安排了两组冲突。首先是俄狄浦斯与斯芬克斯的冲突。看起来是俄狄浦斯战胜了，结果实际上是他陷入了陷阱。忒瑞西阿斯进了宫以后，就成了他与俄狄浦斯的冲突。俄狄浦斯一再要求找出祸乱的真凶。忒瑞西阿斯开始还躲闪、不好意思回答。最后俄狄浦斯逼他说出真凶，否则就把他作为凶手杀掉。这

漫画化的人面狮身女妖斯芬克斯

时候忒瑞西阿斯才把实际情况说出来。这两种非常具有戏剧性的冲突实质上就是一种冲突——文明与原始、蒙昧的冲突。在古希腊神话中，两种冲突的胜者都不是俄狄浦斯。俄狄浦斯先是被惩罚，然后是自我惩罚；先是陷入了乱伦的泥潭而不能自拔，后是生理上自我惩罚、流放。这严重的惩罚和后果告诫后人：文明，实质上什么也不明。在这里，把所有的正价值都放在文明以前的时代。这是一种文化的再认同。你究竟在文化冲突中认同文明还是原始？在此，就是通过神话告诉你要回到文明之前去，即超越文明，重新寻找希望。

这种思想可以说在历史上不断地重复发生。文艺复兴，就是要越过中世纪回到古希腊寻找思想资源，浪漫主义就是要越过资产阶级上升时代回到中世纪去，向前人、前一种文化形态中去寻找智慧和克服现实不满的思想资源。所以我们可以说文明与原始的冲突从一开始就以原始的胜利告终。20世纪90年代的美国人类学家威泽福德在美国、摩洛哥、太平洋的岛屿进行了大量的田野调查，积累了丰富的经验。最后他在 *Savages and Civilization: Who will Survive?* 一书中把我们的文明比喻成 "Social Dinosaur"。这本书的名字本身就具有警醒作用。他虽然未必对神话进行过多少研究，但实际上提出的问题在两千年前的神话中就已经被提出。但他用理论的语言告诉我们今天的文明是社会恐龙。恐龙曾经称霸地球，是世界的主宰，但今天世界上只剩下蛋和化石。如果说文明是社会恐龙，那他就是用这个隐喻来警示我们不要被现代文明表面上的强大浮华所遮蔽。正是这种高瞻远瞩的哲学思考透过浮华的表象看到危机：人口与资源之间的比例已经构成了一个大限。63亿人口和300年的经济飞速发展使人与自然的关系严重失衡。"人为财死，鸟为食亡"，非常有限的资源和庞大的人口之间的紧张关系将会导致人与人之间的仇杀关系。

而在中国，老子的《道德经》可以说对文化寻根的问题也颇为关注。众所周知，道家之所以得名就是因为"道"。老子在书中用表现方式不同但意思一致的两个字概括了"道"的运行特征：一曰"返（反）"，一曰"归"。这两个字成为贯穿《老子》全书的一个中心主题。我们可以通过它们准确地理解中国人所谓的"道"。《老子》第二十五章讲述"道"的运行规律时说："大曰逝,逝曰远,远曰反。"这似顶针,一环扣一环,最后归结到"反"。《老子想尔注》以"还返"释此"反"字,今天就干脆有人写成"返"。《老子》第十四章又有另一种表述:"反者道之动,弱者道之用。天下万物生于有,有生于无。"有一著名古汉语学者还写过一本《老子研究》,在书中,他想通过《老子全书一贯图》把5000年来最深奥的东西概括出来:

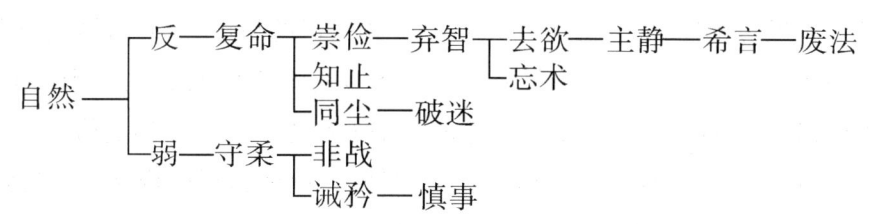

```
          ┌─反─复命─┬─崇俭─弃智─┬─去欲─主静─希言─废法
          │         ├─知止      └─忘术
自然─────┤         └─同尘─破迷
          └─弱─守柔─┬─非战
                    └─诫矜─慎事
```

从上面这个简单的图表,我们不难得知老子的思想实质上就是阐明人生活在宇宙自然之中,一定要效法大自然提供的范本这一道理。而大自然运行的规律就是"反"。所谓"复命"就是"死而复生"的意思。《老子》第十六章把万物归根视为生命的重复发生——"复命",并认为此是"常",即"事物规律":"归根曰静,静曰复命,复命曰常,知常曰明。""弱""守柔"就是叫人们不要战争,要谦让,要柔。所以在老子看来,雌性更柔,"上善若水"。《老子》第二十八章又比喻说:"知其雄,守其雌。"水往下流,人往上流,如果人人都像水一样甘居下流,那么祸害就不会发生在你身边。"守柔"就是"非战"。这智慧看似有点过于苍老,其实想在这世界上做到这一点,需要一些自我训练和修行的方法,就是所谓的"忘术"。这在老子的书中没有详细地讲,但庄子把它发挥出来了。《老子》第十四章说:"绳绳不可名,复归于无物。""有"之前是"无",所以要"复归于无物"!现在你已经有了,让你再回去。这或许有点抽象,不容易理解。那么在第二十八章,又说道:"知其雄,守其雌,为天下蹊。为天下蹊,常德不离,复归于婴儿。""知其白,守其黑,为天下式。常得不忒,复归于无极。""知其荣,守其辱,为天下谷。为天下谷,常得乃足,复归于朴。"这样,用一组排比和有生理意象的人(婴儿)作比喻,有利于使抽象的概念具象化,让人更容易理解其中的思想。面对人类死亡这个永恒主题,老子用其"反""归"命题提出"视死如归"观念,指看似生命已结束,实质上是新生的准备。道家坚信人的"灵"和"魂"是不会就此中止的。道家主张人在"生"的时候，就要学会各种"复归"的技术，所以提出"忘术"，实际上是告诉人们怎样在死亡到来之后延续死后的生存，死亡不是终结。老子为什么要讲"复归婴儿"，因为他认为"婴儿"比一切出生的人都要强大。他所谓的"婴儿"是指在母胎中还没出生的"婴儿"，即一再强调的母神、"玄牝"、"天地之根"、"天地之门"，也就是弗洛伊德等精神分析学家所要"归"的最后目标。道家就用归根、"复归于婴儿"来表示一种新生的准备以打消人们对必然要到来的死亡的恐惧：看似进了坟墓，实质上进的只是大地母亲再孕育的摇篮。

综上所述，我们从文学作品、诗歌、楚辞中种种恋根的说法，回到远去的神话，回到所谓人类文明建立以来一直面对的一个根本冲突——文明与原始的冲突。那么5000年来，人们一直认为文明是好的，原始是坏的，是不是这样？当使用这些词的时候就是这样。一个是文明的，一个是蒙昧的，谁也不想自己陷入蒙昧之中。结果人类却在追求文明的过程中无意走入了人类沙文主义的歧途，从后果上讲，这也就是一条通向"社会恐龙"的道路。恐龙曾经像人类一样在整个地球上不可一世地称霸万物，可是它们终究无法意识到自己的生存危机，难逃灭绝的厄运。而人意识到自身的生存危机，进而改变自己的行为方向，采取补救和治疗的措施，才是真正的希望所在。

从这种存亡攸关的背景看，20世纪的人类对自己文化的由来和发展道路不得不进行彻底的反思：这个道路究竟走得合理不合理？前途究竟是光明，还是暗淡的？而这一问题看似是一个追根溯源的问题，是向后看：我们这个文化是从哪里来的，我们的道路是怎么走过来的；实际上从深刻的哲学的意义上看，洞悉"从哪里来"的问题是预知"向哪里去"的前提。寻根寻的不只是过去，它是出于对人类的前途命运的一种忧患，对未来不确定性的一种潜在的前瞻。

第十章　神话的生态智慧

20世纪以来人类学研究的"原始人"神话给西方的神话观带来巨大变革。在21世纪反思现代性制度负面作用的语境中,神话对人类的最重要的贡献将是其所蕴含的丰富的生态智慧。如何开发这一长久被文明人所忽略的宝贵的思想资源,获得对今人具有重要教训意义的超前智慧?这是神话研究的崭新课题。

"原始人"的神话世界观是建立在"循环"基础上的,比今人对待自然资源的竭泽而渔态度,是更加符合可持续生存之伦理的。

一、诗性智慧说的现代理解

西方学术界对神话的认识,在18—19世纪,是以维科的"诗性智慧"(poetic wisdom)说为代表的时代,也反映了浪漫主义幻想的复归文学原点之需要。到了20世纪,比较的眼界从欧洲中心论拓展到真正的世界范围,所谓世界各地"原始人"的神话第一次获得可以同希腊罗马神话相提并论的地位。坎贝尔(J. Campbell)的"我们赖以生存的神话"(Myth to Live By)之命题,比浪漫主义神话观又进了一步。从超现实主义到魔幻现实主义,充分显现了文化他者的神话之再发现,对文学想象世界的激发和重塑作用。

朱庇特神庙模型

进入 21 世纪,神话对我们人类的最重要的贡献将是其所蕴含的丰富的生态智慧。我们完全有理由把它看成是一笔长久被文明人所忽略的宝贵的思想资源,一种对今人也具有重要教训意义的超前智慧。

今天的主流话语津津乐道什么"循环经济""绿色 GDP",或者还有什么"生物权利""动物伦理""环境意识"。这好像是自启蒙时代以来盲目相信进步无止境、增长无极限的现代人的一次新的觉醒。但是,这也是随着现代性的负面效果日益严重而不得不觉醒的,是随着自然环境的破坏、物种的灭绝、能源的枯竭和资源的日趋紧张而被动地、被迫地觉醒。所以说是近似于亡羊补牢的那种智慧,也就是滞后的、后知后觉的,而绝不是超前的或者先知先觉的。在这方面,今人确实愧对古人、原始人,因为原始人的神话世界观就是建立在"循环"基础上的,因而也是更加符合绿色原则和可持续生存之伦理的。

二、神话的生态智慧

神话足以充当现代人的生态导师,其主要根源就体现在神话思维的物我不分的浑融性质上。神话从来不突出超越于自然万物之上的人类主体,因而也绝不会陷入人类中心主义的自大狂之中。在神话的世界中,可以归纳出如下一些基本的生态思想。

其一,人只是自然中的一部分,也许还不是最优越的部分。人与自然不是对立关系,而是息息相通的依存关系。

变身的毗湿奴铜像　　　　　　人兽合体神跪像

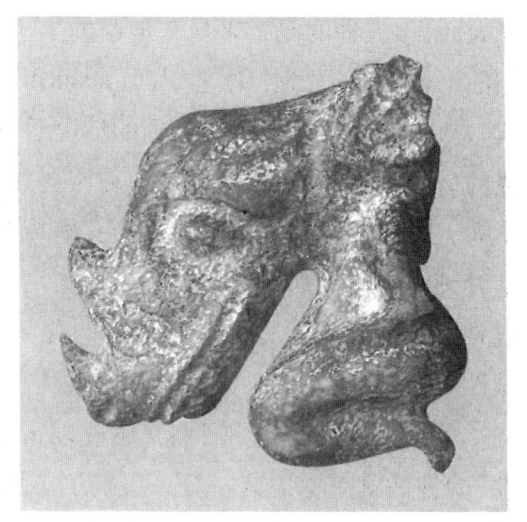

雅典卫城

从《旧约·创世记》的创造神话中可以清楚地意识到:人从被造之初起,就是处在生物链序列之中的一员。人与大地的依存关系体现在人来源于泥土这个重要的神话情节。弗雷泽的《旧约民俗》一书已经在世界五大洲的各民族神话中找出了类似的神话母题。可见人类祖先在想象自己生命由来的时候如何不约而同地指向大自然的代表——土地。对于古希伯来人而言,人种的诞生来自于地面的尘土,这一点是非常自然的,因为在他们的语言中表示"地"的这个词(adamah)是"人"(adam)这个词的阴性形式。从巴比伦文学中多次提到的情况看,巴比伦人也认为人是由泥土塑造成的。在埃及神话中,众神之父克诺莫在他的陶匠的陶轮之上用泥土塑造了人。我们中国汉族古籍中关于女娲抟黄土造人的说法也是妇孺皆知的。笔者倾向于把女娲这类独立于男性作用之外,单独行使创造职能的女神看成是农业社会信奉的大地母亲神的化身。[①] 而地母神这个观念本身的虔诚性,就足以防止人对自然的肆意践踏和无节制掠夺。

  人的生命除了来源于土,还可以源于另外的生命元素。更加"原始性"的神话就揭示了这一点。在墨尔本周边的澳大利亚原住民神话中,创世主名叫庞德-吉尔,他用刀割下了三块树皮,把一些泥巴放在一块树皮上,用他的刀把它们修成恰当的形状,然后把泥块的一部分放在另一块树皮上,再把它塑造成人的形状。他先造的是脚,接下来是腿,然后是躯干和手,最后是头。他就这样在另外两片树皮上各造出了一个人。他对他的手艺欣喜万分,围着他们手舞足蹈。随后,他又从桉树上取下树皮的纤维做成头发,把它贴在泥人的头上,然后他再观看他们,再度为他的杰作而欣喜,并又一次围着他们跳起舞来。随后,他俯下身来,把他的呼吸使劲地吹入他们的口中、鼻中和肚脐眼儿中。不久,他们抖动起来,站起来,成为发育完全的男人。

  神话中这种土与树(木)的结合,成为人的本源。我们过去总以为神造人的神话十分荒诞,与生物进化的事实不符。现在看来,神话观念的意义不在于它的真与不真,而在于它的生态功能。新兴的宗教生态学研究对此有很好的发现。相信人是神用自然元素造出来的,这一观念的功能其实就在于限制人无限膨胀的自我中心和贪欲,促进敬重自然的谦虚品性。这既有

[①] 参看叶舒宪:《千面女神:性别神话的象征史》,上海社会科学院出版社2004年版。

藏医神树图

利于人在生物系统中的持久延续,也有利于整个生物链的依存与免遭破坏。

至于人是否可能脱离生物链而独自存活,神话的答案无疑是否定的。在《创世记》第一章里,我们读到上帝如何在创造的第五天造出鱼和鸟,以及所有住在水中和空中的生物,在第六天造出陆地上的所有生物,最后造出了人。上帝是按照自己的形象同时造出男人和女人的。从这一叙述中可以看出:上帝先造出了低等动物,然后造人。人是地球上被造的所有生物中的最后一个。按照后来居上的逻辑,很容易把最后出现的人看成超出其他生命的至高存在。不过参考更加古朴的原始人神话,就不难看出,人不是至高的生命存在。因为人是必死的,而有些动物则具有返老还童和永生不死的能力,如蛇、螃蟹、蛙、蜥蜴等。

汉代陶苍鹰
(河北涿州出土)

其二,生命的神圣循环。如今的循环经济倡导者,对自然资源的"可再生"与"不可再生"性有高度关注。其实,早自神话时代起,人们就对生

飞羊神话玉雕

命现象做出了"可再生"与"不可再生"的二分。请看南太平洋的西里伯岛上的托多—托拉伽人(Todjo-Toradias)讲述的神话:从前,神召唤来所有的人和动物,要确定他们的命运。在神提供的所有的命运之中,有这样一种:"我们能够蜕掉衰老的皮。"不幸的是,人类在这个至关重要的关头却是由一名老太婆为代表的,她根本就没有听到神提出的这个试探性的建议。但是有动物听到并响应了神的建议,蜕去旧皮,比如蛇和蛙,从而获得可再生的好命运。

苏门答腊西边的尼亚斯岛人(Nias)所讲述的故事说,起初,大地被造好之际,从天上送下来某个生物,来最后完成创造工作。他本来应该动作迅速的,但是却由于难忍饥饿的疼痛,吃了一些香蕉。他选吃这个食物是非常不幸的,因为只有他吃了河蟹,人类才能像河蟹那样蜕掉皮壳,由此获得返老还童的本领,从而永生不死。他既然吃的是香蕉,那么死亡就通过香蕉来到我们人类中间了。另外一个版本的尼亚斯岛人的故事添加了一个情节:"是蛇先吃了蟹。根据尼亚斯岛人的看法,蟹能够蜕皮而不死。因此,蛇也就能够不死,只是蜕皮而已。"

门特拉斯人(Mentras 或 Mantras)——马来半岛丛林中的一支羞怯的原始人部落——讲述说:世界的早期时候,人是不死的,只是随着月亮的残

缺而变瘦,又随着月亮的圆满而变胖。这样一来,人口不受限制,终于发展到了警戒的极限。第一个人的儿子把这个状况告诉了父亲,并且问父亲怎么办。第一个人是一个善良的幽魂,他说:"随其自然吧。"但是,他的弟弟却对现状抱着马尔萨斯人口论的观点,他说:"不,就让人像香蕉一样死去吧,把他们的后代留下。"问题的争议被传到地下世界的冥王那里,他决定采纳死亡。从此以后,人不再像月亮那样死而复活了,而是像香蕉那样死去。

这个神话中透露出一些关于人口与生态的承载力与限度的观念,非常宝贵。热带丛林中生存的门特拉斯人的社群数量很少,符合老子所说的"小国寡民"或者庄子所说的"人民少而禽兽众"。其神话中已经有了用死亡来节制人口膨胀、保持生态平衡的意识,这对于当今60多亿人拥挤在日益变小的地球村的现状,是一种极大的警示和反讽。仅在20世纪这一百年中,人类由于自相残杀等原因而非正常死亡的人数已超过两亿。如今每一年死于交通事故的人数就达46万之多,这与2003年全球死于SARS的1000人相比,实在是大巫见小巫。可是SARS造成的全球恐慌与旅游业萧条,至今让人们心有余悸,而"猛于虎"的车祸却丝毫也没有引起当代开车族与疯狂买车族的恐惧与忧虑,似乎非要等到数亿年地下生物积累下来的石油在未来几十年内完全耗尽,才会甘心。事实表明,现代性的生活方式不仅已经成为人类的最大杀手,而且成为培育消费痴迷(褒义的说法是"追求时尚")、产生新愚昧的根源。这绝不是一厢情愿的"循环经济"或"可持续发展"说所能克服的。

如果再听一听哈佛的社会生物学家爱德蒙·威尔逊关于乌干达大屠杀的生态学解说,也许在震惊之余,你会更加敬重神话所揭示的原始人的智慧声音。

三、神话的循环生命观

门特拉斯人的神话告诉我们:人类个体的必死性(不可再生)是人类作为物种的可再生性繁衍之条件。如果当初每个人都是不死的,那么资源的限度也许将使整个人类无法存活至今。

神话中取代人而成为可再生性动物的,以蛇与蜥蜴最为常见。

西部非洲的范斯人说,神用泥土造人,起初是按照蜥蜴的形象造的,造成后把他放入水池中,让他在水中停留7天。在7天结束的时刻,神叫道:"出来啊!"于是,一个人取代那蜥蜴从水池里走出。

古埃及王陵蜥蜴与鸮浮雕

越南东部的巴拿人(Bahnars)对原始人的永生性的解说,不是用月相,也不是用蜕皮的习俗,而是明显地归结为某一种树的复生能力。他们说,在起初的时候,每当人死时,就被埋在一棵名字叫龙布罗的树的脚下,过一些时候总是能从死亡状态重新活过来。复生的人不是像婴儿那样,而是像成年的男人和女人那样。这样,大地上的人繁衍得很快。所有的人聚合起来构成一个大城镇,由我们的第一对父母统治着。到后来,人口实在太多了,到了这样一种极限状态——就连一只蜥蜴也无法正常出行而不被人踩住尾巴。蜥蜴对这种人满为患、拥挤不堪的状况很恼火,这个狡猾的家伙给那些挖掘坟墓的人一个阴险的建议:"为什么要在龙布罗树的脚下埋葬死人啊?把他们埋在龙昆树下吧。这样他们就不会复生了。让他们完全彻底地死,就此终结吧。"蜥蜴的这个建议被采纳了,从那一天起,人就不能复生了。

弗雷泽在分析以上神话时指出:"在这个故事里,如同许多非洲故事那样,给人类带来死亡的媒介是一只蜥蜴。我们可以猜想:将招人厌恶的行为归罪于一只蜥蜴的理由就在于,这个小动物和蛇一样能够周期性地蜕皮。原始人会从这个现象中推测这种动物能够返老还童,活到永久,就像他推测蛇具有此类本领一样。这样,所有讲述一只蜥蜴或者一只蛇如何成为人类必死性之罪魁祸首的神话,也许都和一种古老的观念相联系,那就是在人与能够蜕皮的动物之间的一种妒忌与复仇的观念。更具体地说,就是在人与蜥蜴或蛇之间的妒忌与复仇。我们还可以这样认为,在所有此类情况下,人们要讲述一个在人与他的动物对手之间竞争长生不老的拥有权的故事。在这场竞争之中,不论是出于失误还是出于诡计,胜利总是属于动物一方,它因此而成为永生的,而人则由此注定了必死。"[1]伊甸园神话虽然没有直接表现蛇夺去了人的可再生性,但是蛇引诱人祖偷吃智慧树的果子,不也就是人类永远也无法吃到生命树的果子的前因吗?由此可以推知,蛇的形象为什么通过犹太教和基督教神话,成为西方文化中的邪恶的象征,乃至连累到更加具有神话性的动物"龙"。

相比之下,由于对可再生性的艳羡,蛇和蜥蜴在华夏文化中的命运要好得多。有了对个体的永生即可再生性的这种向往的理解,再去看我国汉代画像石中常见的所谓的人首蛇身形象,就容易体会其神话符号学意蕴了。仔细分辨,其实有一些造像不是蛇身,而是蜥蜴身,因为那身体上分明长着弯曲的四只脚。这也使我们想起关于《周易》得名由来的争论中,有一种观点就认为"易"的观念起源于蜥蜴!沿着从神话思维到哲学思维的发生学方向,蜥蜴作为可再生智慧的动物化身,充当教导我们以生生不息的宇宙变"易"原理之导师,真是再合适不过了。就好比道成肉身的现身说法。因为蜥蜴的肉身就是变易与可再生原理的生动标本。

另外,万物都是有灵性的,动物和植物有其神圣的一面。从萨满教的万物有灵世界观看,现代人虽然在终结了萨满式思想方式以后,在征服自然、物质的占有和耗费方面大大超出了古人的想象,但是这并不能给人带来幸福、满足和心灵的宁静。相反,物欲痴迷下的现代人陷入了可怕的精神危机和困境,亟须治疗和拯救。如今西方知识分子中风靡的新萨满主义

---

[1] James G. Frazer, *Folklore in the Old Testament*, London: Macmillan Company, 1923, p.31.

漳州木偶青蛇

运动,就是要把自救的希望寄托于重新向原始人学习,放弃科学主义和自我中心的西方价值传统。对此,这里没有篇幅展开讨论。只要翻阅一下《新时代百科全书》[1]、《第一民族的信仰与生态》[2]、《原始的激情》[3]等著作,便可了解大概。如果对理论没有兴趣,那就读一读拜倒在印第安巫师那里的白人人类学博士卡斯塔尼达的畅销小说吧。也许不难明白:由神话所率先倡导的生态智慧,其实也是教人重新做人的智慧。

---

[1] *Encyclopedia of te New Age*, London: Time Life Books, 1999.
[2] *First Nations Faith and Ecology*, Toronto: Cassell, 1998.
[3] *Primitive Passion*, New York: Alfred A Knopf, 1997.

第十一章　傩、萨满、瑜伽
——神话复兴视野上的通观

本章从史前文化的起源方面,从心理—生理的治疗功能方面,考察傩、萨满、瑜伽的相关性;从现代社会的文化整合、精神整合与治疗需求上探讨其复兴的必然性;从非物质经济(符号经济)的角度通观三者作为文化资本的开发价值,阐发其在后现代性语境下对人类文化再认同的积极意义。

傩是一种世界性的文化现象。傩以象征性的仪式活动的载体,传承着千百万年以来民间信仰、观念、习俗、游艺、表演、宣泄、狂欢的深厚传统。它历经沧桑而依然存活在 21 世纪的乡间社会中,这本身就是值得庆幸的文化盛事。

在"现代性/后现代性"的对照语境中,可以清楚地给傩文化的再思考提供一个世界性的神话复兴的思想背景,以更为宏观地审视傩文化的保存、保护与开发所带来的积极意义。

一、同源异流的傩、萨满、瑜伽——神话思维及其史前时代

傩,英文作 exorcise,指驱(邪)、除(怪),为某人(地)驱逐恶灵(evil spirits),被除用的咒语。从比较宗教学或者比较神话学的角度看,傩不只

是中国民间独有的文化现象,而是具有相当普遍性的巫术信仰及行为的地方化表现。即便是傩戏,在日本也有类似的称作"能"的表演形式。[①] 世界性的巫术实践在欧亚大陆北部的广大草原文化中的表现形式又被称为萨满教。在过去的20世纪中,萨满教的研究获得很大的进展,而且在一定意义上还催生和促进了西方发达社会中反叛资本主义生活方式的新萨满主义运动。这就为我们在后现代语境中重新考察傩文化现象,提供了有益的启迪。

日本傩仪

傩和萨满、瑜伽一样,作为史前仪式与神话的遗留物,在文明社会中依然顽强地延续着它们异常古老的生命。如果我们放宽视野,把傩作为巫术信仰—仪式—表演的复合体来看,就不难看出,这样的复合体是自最悠远的史前时代就已经繁盛起来的。其巫术信仰的文化渊源要比一切文明社会的人为宗教现象都要古老。在其降神驱鬼逐疫的基本功能背后,分明可以看出一种法术思维的性质。那是史前部落社会达致人与自然宇宙和

欧洲民间驱邪仪式

---

① 袁琛、諏访春雄:《中国的傩与日本的能——浅析两者的传承关系及发展轨迹不同之原因》,载《江西社会科学》2005年第3期。

谐、心理与精神和谐的重要手段。对于仪式的参与者与观众而言,傩的表演过程所具有的消除恐惧、战胜威胁、情感的整合与精神的抚慰之心理医疗作用,也是不容忽视的。

　　根据笔者1998年在海南琼海县文市乡保平安仪式活动的考察,这种巫术—仪式—表演的复合体虽然在各地有相当的差别,但是仪式的医疗治病功能却是异常突出的。患者或者患儿家长在仪式进行过程中,到仪式主持者那里接受神力的感应和治疗,在某种程度上完成了现代医院所行使的职能。[①] 如果我们不再以落后和迷信的眼光去看,那就有理由把傩在社会文化中的实际功能落实到神话—仪式的精神医学或者宗教生态学方面。

　　根据考古文物和图像资料,精神医疗的实践早自文明开始以前就流行了。在印度河流域文明出土的造像中,有些大神"被表现为瑜伽特有的姿势",宗教史家们于是将瑜伽在印度本土的起源追溯到了公元前2500—前2000年之间的印度河流域文明的原住民。[②] 那正是史前萨满教——神话思维的昌盛期,也是书写文字在印度、苏美尔、埃及等少数地方开始出现的时期。

15 世纪蓝色毗湿奴像

　　从现在的分布与表现形态看,傩、萨满、瑜伽也许是风马牛不相及的东西,但是从发生学的根源意义上看,它们都是建立在共同的巫术信念之上的,都是神话思维的派生物。今日的比较宗教学已经确认:神话—萨满式

[①] 叶舒宪、吴光正:《娘子军故乡观傩记》,载《民俗研究》1999年第3期。
[②] 以利亚德:《不死与自由:瑜伽实践的西方阐释》,张祥龙主编,武锡申译,中国致公出版社2001年版,第394页。

的感知与思维方式,是人类在漫长无比的石器时代培育出来的最早的一笔精神遗产。①

二、东方文化复兴背景中的傩、萨满、瑜伽

在西方现代性确立,及其"理性/非理性""正常/非常"标准确立的背景之下,傩和萨满教一样,被归为非理性、异常、原始思维的东西,因此,成为在理性独大的权威之下被祛魅与压抑的东方民间宗教。但是,20世纪后期以来,随着现代性的生产生活方式的致命弊端的显现,方兴未艾的后现代性(反现代性)与全球地方化运动的全面展开,被西方文化帝国主义压抑已久的东方文化,得到重新复兴的难得契机。这就给傩、萨满、瑜伽的复兴提供了历史机遇。

关于神话与神秘主义在今日的西方社会中的普遍复兴,英国学者阿姆斯特朗有过一个生动的说明:

> "神话"(myth)、"神秘主义"(mysticism)与"神秘"(mystery)三个词之间有语言学上的关联。三者皆从希腊文的动词 musteion 衍生出来,意思是闭上眼睛或嘴巴。因此,三个词都源于黑暗与静默的经验。它们不是今天西方世界的流行用字……自启蒙运动以来,"神秘"被视为是需要澄清的事物。……同样的,"神秘主义"常常与古怪的人、江湖郎中或沉溺的嬉皮有关。因为西方从未真正热衷于神秘主义……所以对此类型宗教精神的基本智慧和训练之理解极少。
>
> 然而迹象显示这个潮流也许在转向。自从1960年代以来,西方人发现某些瑜伽和宗教如佛教的效益,它们的优势在于未受到不当有神论的污染,于是在欧洲与美国大为盛行。已故美国学

---

① Karen Armstrong, *A Short History of Myth*, Edinburgh: Canongate, 2005, pp.12-40. 特别参看第二章"旧石器时代的神话"。

者乔瑟夫·坎伯(Joseph Campbell)的神话研究作品近来成为风尚。现在西方对心理分析的狂热可以视为是对某种神秘主义的欲求……而弗洛伊德与荣格都本能地转向俄狄浦斯等希腊古代神话,以解释他们的新科学。可能是西方人感觉需要在纯粹科学观点的世界观外,另外寻求替代的观点。①

傩的当代复兴

要求在一元的西方式科学观点之外,寻求多元文化的替代选择,这就意味着曾经被当作非科学、迷信的东西,必须在放弃西方科学有色眼镜的前提下给予重新审视和估价。从心理学大师荣格到比较神话学家坎贝尔,他们之所以在20世纪后期被奉为社会的精神导师乃至偶像,就因为他们打破一元的封闭的西方知识格局,大力开拓对非西方的、非主流的、非理性的边缘文化的认识,包括《易经》、禅与西藏密教在内的一批东方古文化遗产,首次展现给西方社会中千千万万被物质淹没而渴求精神解救的普通人。坎贝尔在他那影响了几代人的小册子《我们赖以生存的神话》一书里,划分出人类精神旅途的两种形式,他称之为"内在的旅行"和"外在的旅行"。② 作为内在的旅行,萨满的出神与魂游,与后代的修禅、瑜伽的性质相类似。萨满和傩的仪式表演方面,则是"外在的旅行"之突出表现。而神话,作为仪式的共

---

① 阿姆斯特朗:《神的历史》,蔡昌雄译,海南出版社2001年版,第244页。
② Joseph Campbell, *Myth to Live By*, New York: Bantam Books, 1973, pp. 207-239, 240-257.

生性语言叙事,应该看成内在与外在之间的中介形式。

三、作为文化资本的傩、萨满、瑜伽及其符号学再造

伴随着后现代性取代现代性的文化自觉,自 20 世纪 70 年代以来,西方学习东方的潮流呈现出一浪高过一浪的局面。时至今日,最引人注目的也许就是新萨满主义运动和瑜伽复兴运动。它们的影响,在西方世界可以说已经出现了如火如荼的局面。① 全球性的文化寻根与重述神话运动也方兴未艾。如果你了解到神话复兴——新神话主义运动的全球浪潮,② 了解到当代文化产业—符号经济最成功的代表作《星球大战》的编导卢卡斯是如何青睐神话学家坎贝尔的《千面英雄》,从古老的神话原型中汲取幻想能量的,那么傩这一同样古老而神秘的文化的符号开发价值,也就大致不言自明了。

德国人类学家卡尔维特《萨满,治疗师和医士》一书开篇导论"神圣医疗"部分写道:

> 有三种东西已经被我们的文明遗忘掉了,那就是"本源性的健康"(Basic health),"治愈"(healing)和"神圣"(holiness)。这三个词的词根是同质的。这些语词的目标也是共同的:心志健全,整合,完美,拯救,幸福,解放,魔法。③

我们从这个阐述中可以明白,离开了作为前提的神圣性质,治愈和本源性健康是无法达到的。这也就突出了今日的医学科学意义上的治疗和

---

① 参看叶舒宪:《新萨满主义与西方寻根文学:从"唐望故事"到〈塞莱斯廷预言〉》,载《东方丛刊》2002 年第 4 辑。
② 参看叶舒宪:《人类学想象与新神话主义》,见王宁主编:《文学理论前沿. 第 2 辑》,北京大学出版社 2005 年版,第 86—124 页。
③ Holger Kalweit, *Shamans, Healers, and Medicine Men*, translated by M. H. Hohn, London: Shambhala Publication, Inc., 1992, p. 1.

萨满—傩的神圣治愈之间的根本差异。可喜可贺的是,当今医学界出现的将生理治疗与心理治疗相互结合的所谓"整体医学",其实在某种意义上也就相当于恢复了萨满—傩仪式的原始的身心整合性治疗方式。①

南丰傩公面具　　　　宁都傩神冬小妹

综合笔者的田野考察和相关的研究可以看出,傩的仪式治疗原理就在于激发和营造出一种患者与巫医互动的仪式场,即双方人体潜在的治疗与整合能量的相互作用场,它能够让患者在巫医的神力感召之下充分调动自身的痊愈力量。这就和现代医学模式中的被动等待医生救治的患者完全不同,仪式治疗场合的患者不像放置在案板上的肉,而像参与竞技活动之中的运动员,靠激发自身的潜在能量,达到治愈的效果。

也许随着现代医学的进展,今天的文明人已经无须再凭借傩的仪式表演来治病救命了。然而,傩这样的神话思维时代达致天人和谐的象征性活动标本,对于治疗现代文明病,却应该有着无可替代的巨大潜能。它可以重新教会人们如何以敬畏之心面对动物和宇宙中的其他生灵。此外,傩还能教会今人重新体认被现代学科划分搞得支离破碎的原始神圣医疗能量场。正如两位美国原型心理学家所指出的:

---

① 参看叶舒宪:《文学与治疗》之"导论:文学治疗的原理及实践",社会科学文献出版社 1999 年版。

古代的法师、巫医或术士把科学、神学和心理学融于一炉,现代世界则把它们分得清楚。不过,物理学的进步却戳破了心理学所要维系的强烈感受,尤其是那些会威胁到地球生存或种族存续的物理学。因此,虽然不同的学科和个人带动了自然科学和物理学的进步,而且进步的幅度远非心理学和神学所能相提并论,但

藏族九寨十二相中的两个

我们也不难发现,整个文化仍然对这些领域充满了兴趣。此外,随着魔法师的原型出现在文化中,这些学科也开始再次合而为一。有愈来愈多的人对身心医学感兴趣,因为它一方面融合了心理学的观念,一方面则融合了物理学和生物学。同时它更掺杂了灵异现象和神秘学,以及演化意识与成就的连结。①

参照这样的整合性视野,如果着眼于现代性的物质经济转向后现代性的非物质的知识经济的时代变迁②,傩这样的表演性仪式的再开发潜力是非常可观的。其丰富的符号性和叙述性,可以归纳出古老的神话原型模

---

① 马克·皮尔森:《很久很久以前:以神话原型打造深植人心的品牌》,许晋福、戴至中、袁世珮译,汕头大学出版社2003年版,第162页。
② 参看麦克尔·哈特,安东尼奥·奈格里:《帝国:全球化的政治秩序》,杨建国、范一亭译,江苏人民出版社2003年版。

苗族仪式舞蹈

式。根据美国一个研究小组的分析,"过去50年来所有的票房电影,整体或部分都反映了神话的模式"[①]。如果张艺谋等懂得一些傩文化,并自觉地开掘其原型价值,也就不至于耗费巨量的投资在银幕上玩弄花拳绣腿的低级把戏了。傩完全有理由也有资格充当世界舞台上的一种中国符号品牌。同样道理,傩的传承人和表演者,如果能够有关于非物质文化遗产价值的自觉意识和文化产业的创意精神,那就完全可能变后队为前队,充分发挥出傩仪的文化附加值作用,成为地方振兴符号经济的排头兵。

可以确信的是,随着知识全球化的进程,傩这个古老的地方性的表演仪式,也会像瑜伽和萨满那样,迎来再度辉煌的日子。

[①] 马克·皮尔森:《很久很久以前:以神话原型打造深植人心的品牌》,许晋福、戴至中、袁世珮译,汕头大学出版社2003年版,第319页。

附录一　评《文学与仪式》

中国文化是世界上仅存的至今仍保留着远古以来的礼仪传承的文化。一整套严格的礼乐或礼仪制度是华夏文明之初就确立起来的整合社会关系与权力的象征性基础。倘若我们到今天郑州的河南省博物馆去听一听当代考古学家所复原的上古时代编钟的那种黄钟大吕之声，或是站在良渚文化的巨大祭坛上去看一看史前人祭仪活动的风水背景，就不难想见这种礼乐文化的根基是多么的坚实厚重！孔子所说的"克己复礼"，就是要在礼崩乐坏的春秋时期背景下恢复西周的仪式典章制度的权威性和正统性。儒家传世经典"十三经"中的"三礼"则集中体现了上古时代国家级政权对官方的和民间的仪式活动的高度重视与详细规定。从人类学民族志的角度看，其中蕴含着世界上最繁复周详的仪式观念之一。

然而，在文化人类学这门西方学科引进中国之前，我们对仪式的学术研究却显得非常之薄弱。由于缺乏整合性的文化视野和跨文化比较的方法与知识，20 世纪以前的仪式研究成果主要就是围绕着"三礼"的注疏。20 世纪初叶以降，随着文化人类学、民俗学、神话学等西方新知识的引入，特别是对剑桥学派人类学的仪式研究的了解，我国学界开始有人从现代的视角审视古代仪式行为。而从人类学的仪式观出发考察和解析文学现象，也就在同一时期兴盛起来。先有法国汉学家葛兰言（M. Granet，又译"格

古人在延庆山石上开凿的神庙

河北涉县娲皇宫祭拜仪式

拉耐")的《中国古代的祭礼与歌谣》(1919)[①]和《古代中国的舞蹈和传说》(1926)等著述被翻译成汉语,后有留法归来的苏雪林写出论文《九歌与河

---

① 格拉耐:《中国古代的祭礼与歌谣》,张铭远译,上海文艺出版社1989年版。

神祭典关系》(1928)①,以及像郑振铎的《汤祷篇》《玄鸟篇》《释讳篇》等用《金枝》的人类学方法解释古书的尝试。闻一多的《高唐神女传说之分析》,揭示出古老的高禖仪式背后潜隐着的性爱主题及其文学升华方式,为古典文学研究树立起中国的仪式学派之范例。

20世纪80年代以来,人类学和神话学在中国的学术开放中获得第二度的复兴。在文学批评界催生了神话-原型批评的热潮,到90年代中期形成有中国本土特色的文学人类学研究范式和潮流。陈炳良的《神话·礼仪·文学》(台湾联经出版事业公司,1985年)、方克强的《文学人类学

甘肃秦安大地湾的土地庙

批评》(上海社会科学院出版社,1992年),萧兵的《楚辞的文化破译:一个微宏观互渗的研究》(湖北人民出版社,1991年)、《傩蜡之风:长江流域宗教戏剧文化》(江苏人民出版社,1992年),笔者的《英雄与太阳:中国上古史诗的原型重构》(上海社会科学院出版社,1991年)和《中国神话哲学》(中国社会科学出版社,1992年),杨利慧的《女娲的神话与信仰》(中国社会科学出版社,1997年),吴晓群的《古代希腊仪式文化研究》(上海社会科学院出版社,2000年),胡志毅的《神话与仪式:戏剧的原型阐释》(学林

---

① 参见马昌仪:《中国神话学文论选萃》(上编),中国广播电视出版社1994年版,第112—122页。

出版社,2001年),杨朴的《二人转与东北民俗》(吉林人民出版社,2001年)等一批成果。这些著述或把神话与仪式结合起来研究,或从古今文学叙事模式中发掘仪式原型,或深入民间考察至今还存活的仪式与信仰、神话的关系,都显示了人类学的仪式视角对于传统的文学批评方法的革新改造。然而,迄今国内还没有一部以文学与仪式的相关性为主题的研究专著出现。彭兆容教授的这本《文学与仪式:文学人类学的一个文化视野——酒神及其祭祀仪式的发生学原理》可以说及时地弥补了中国文学人类学研究在理论建构方面的这个欠缺,对于指导比较文学的教学和研究,对于拓展一般文史研究的视野,都具有积极的意义。

作为当代中国从事文学人类学研究的主将之一,彭兆荣在知识结构上兼得文学与人类学两方面之长。这种难得的超越单一学科的知识背景,使本书将理论探讨与实地考察经验融为一体,将文学批评方法的分析与人类学知识谱系的梳理结合在一起。这样的双重学科身份的互照互动,给这个课题的拓展带来有益的张力空间,对两个原有学科的每一方都有足够的启发性。

在书中,彭兆荣先从一个多世纪以来人类学关于仪式的各种表述入手,清理了多样不同角度和立场的定义与阐说,勾勒出围绕着仪式理论的整套知识谱系的变化,然后再探讨文学人类学以仪式为核心的解释谱系,强调了两个 F(事实与虚构)之间凸显出的价值观取向差异:以进化论为基础的西方理性主义和自我中心主义为一方,以后现代主义历史叙事观和反思人类学派为代表的文化相对主义为另一方。他写道:

> 归根到底,文学的人类学研究有助于我们重新建立起对两个"F"的理解和解释。迈纳甚至认为"诸如'虚构性'(fictionality),'再现'(representation)和'小说'(novel)等常用术语远不是文学与生俱来的属性,它们只不过是社会约定俗成的虚拟物"(迈纳,1998:2)。他给了我们一个重要的提醒:"虚构/事实"的命题本身可能也是被"虚构"出来的。至少,我们的祖先未必认为诸如神话有虚构的嫌疑。因为其时根本无所谓虚构。这一切都不过

为现代社会"逻辑知识"的后果。

希腊民间礼仪服装

福柯的知识考古学思路有这样的当代发现："疯狂"只是近代以来"理性"自我确证需要所建构出的对立面。现在,文学人类学思路又向世人展示出:我们对"虚构"的价值判断来源于西方式理性逻辑自我确证其权威性与合法性的需要。既然晚近的反思人类学已经把殖民时代西方式的逻辑理性看成是发明"原始社会"和"原始思维"的始作俑者,那么我们也就有充分的理由冲破"真实/虚构"的伪两端论的思维窠臼,重新反思对他者文化进行认识的相对真实性与文化书写的复杂性。

文学人类学的解释谱系之所以值得重视,就因为它给人带来的是分析文学作品那样细致的文化文本解读方略。作者充分意识到,人类学的仪式研究已经自然地发展出导入和破解社会文化内核的一整套可操作、

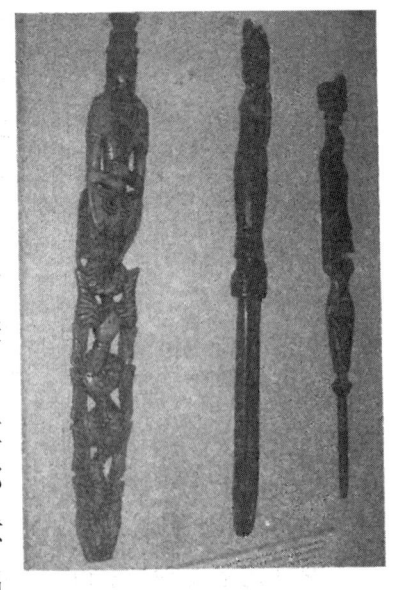

希腊民间艺术博物馆藏仪式道具

可分析、可拆解、可诠释的物质符号形态的系统论。从早年的史密斯到当代的格尔兹,"仪式"被赋予特别丰富的意义,它不再是简单的图解概念或分析工具。它蕴含着形式上的"物质性"和文化分析方法入门的双重价值。人类学家长期以来把仪式当成观察情绪、感情以及经验的意义灌注的适当工具。仪式具有公共性,它们常为解释仪式因由的神话所伴随,它们可以被比喻为文化创造的、民族志作者可以系统阅读的文本(马尔库斯,1998:92)。正是因为这样,当代人类学的仪式研究在学术意义上与文学批评有了交叉和交通的广阔空间。可以说,把握住仪式的重要性,就等于把握住文学与人类学两大学科之间的内在相关性,开启了文学人类学方法向文化深层进行开掘的一个有效门径。我以为这方面的讨论是本书最引人注目的学术亮点,对于研究者走出原有的单一学科的视野局限,关注文化研究方法论具有实际的帮助。

雅典圣山的仪式剧场

靠着这样的文化文本解读方略,本书的后面三章依次解说了"酒神祭仪的神话谱系""符号话语的美学谱系"和"文学叙事的原型谱系",将仪式与文学叙事的关联对应上升到文化表达模式的高度,给予整体统合性的把握,以及追根溯源性的理解。作者指出,仪式的"物质性"还表现为对文学叙事"事实"的态度和理解。既然西方的戏剧文学与酒神仪式有着不解之缘,那么要求对酒神狄奥尼索斯崇拜仪式与文学艺术之渊源关系作"事实"证明就非常必要了。为此,他来到希腊考古现场,对酒神祭祀仪式和戏剧(包括剧场、时间、数量、地点、所属形态)作实地考察,从中看到的是一种"人文事实"——

> 一种更为艰涩的、复杂的、高深的"事实"。也就是说,人类在酒这样一个"神话物"里面体验到了生命的哲学意义。……我们相信,尼采所以取"酒神"作为悲剧哲学最基本的类型绝对不是一种偶然。对这一个问题的关注正好是哲学家、人类学家和文学家借以阅读生命本体意义的一个极好范例。

通过酒神仪式与文学关系的学术考察,深入到西方文化精神的内部体验,可以说作者本人试图在自己的研究实践中"体"现文学人类学方法的特色。正是这种身体力行的方法论,给这本理论性的书增添了文学的感染力。

如果说这本探讨文学与仪式的理论著作有什么主要的缺憾,那么,我以为,似乎作者多年来在贵州和广西等地少数民族村落的田野作业经验没有被整合到目前的仪式论研究中来。也就是说,中国多民族丰富万千的仪式文化遗产没有纳入到本书的讨论架构中来,使这部专著成了纯粹的西方仪式论的理论探讨。也许是作者故意有所保留以待未来的进一步拓展吧。我相信本土化视角与西方仪式理论的视界融合会给这个课题带来更加诱人的多元色彩。

2004 年 6 月 24 日于北京西坝河

附录二　托特神的原罪
——读《尼古拉的遗嘱》

异教思想和相关知识的全面复兴,是20世纪后期西方社会的文化变迁之重要标志。以宝瓶座时代取代基督教统治的双鱼座时代(公元元年—2000年)的所谓"新时代"的信仰者们,在欧洲和美洲赢得了世纪末的超常规大发展的契机。借助于印刷、影视、音乐和文学等现代传播手段,新时代运动如今已经广泛普及民间社会,并且对文化、政治、经济和流行时尚都发生了巨大的影响。在全面打破基督教神学正统的束缚,重新复兴历史上长久被压抑和忽略的异教观念及知识体系方面,新时代人的信念逐渐深入人心,并在反叛资本主义和现代性生活方式的人们中,引发极大的共鸣。

新时代信仰者推崇的教堂以外的"异教观念及知识体系",主要包括巫术—魔法、以萨满教为代表的原始信仰和身心治疗术、女神崇拜和大自然崇拜、占星术、炼金术和风水等准宗教、准科学实践。这些异端知识如何在世纪之交大受欢迎,可以从新时代文学最畅销的代表作《哈利·波特》系列(巫术—魔法)、卡斯塔尼达的人类学小说系列(新萨满主义)和2003年连续雄居最畅销书排行榜首的《达·芬奇密码》(女神崇拜)等,略见一斑。

从上述思想大背景上看,2004年新出的中文版《尼古拉的遗嘱》能否

朝圣梵蒂冈

在讲述西方炼金术史方面同样获得巨大的阅读效应,也就值得期待了。

"尼古拉传说",被称为"欧洲历史上最著名的谜"。除去种种神秘的因素和悬念叙事的色彩,主要因为尼古拉在西方炼金术的知识传承史上具有承上启下的非同寻常的作用。《尼古拉的遗嘱》以引人入胜的方式对他的这种历史作用加以突出表现,把他塑造成万人向往和千载诱人的奇妙知识的一位秘密传人。这就给本书叙事带来某种解谜的性质,成为吸引阅读兴趣的磁石。这样一种探索异端秘传知识的写法,可以说和新时代文学的超级畅销书《塞莱斯廷预言》及《达·芬奇密码》具有异曲同工之效。

佛罗伦萨的女仙形象

《尼古拉的遗嘱》的主人公事迹,介乎历史与传说之间。书中表现的炼金术与文字书写的关系,非常值得留意。根据20世纪后期才成熟起来的新历史主义的观念,历史叙事和小说等虚构叙事并无本质的区别。在我们这个号称"文明社会"的时代,要使莫须有的东西变成真实可信的东西,最有效的,也是最简单的方式就是把它书写下来!

炼金术作为神秘知识,为什么进入、又是怎样进入中世纪抄写员尼古拉的生活呢?换一种发问法:为什么偏偏是一个巴黎的抄写员,成为中世纪神秘炼金知识的承载者和传播者呢?

倘若采纳原型批评家弗莱的观点,是文学产生文学——以前已有的神圣叙事会再产生出后代的叙事。《新约》的叙事原型为《旧约》:《新约》福音书里的耶稣,从命名上看就是以《旧约》中的约书亚为原型的。按照这样的文学叙事系统分析模式,我们似乎有理由说,作为人的炼金术士尼古拉的传奇故事,是脱胎于作为炼金术祖神的托特——赫尔墨斯神话故事。《尼古拉的遗嘱》第一章追溯的古埃及神托特(Toth),既是炼金术的鼻祖,也是文字书写的鼻祖。这难道是偶然的巧合吗?

> 传说赫尔墨斯的父亲就是托特神(Toth)。托特是埃及的知识之神,据说他负责掌管时间,并创造了书写、数字和一切科学。托特是人身鸟头,有时候是狒狒头或一只狗脸的猿。他常常以手拿纸笔的形象出现。他也是冥界的掌管者。传说托特神就是古埃及《亡灵书》的作者。[①]

托特神(摄于荷兰莱顿人类学博物馆)

西方的炼金术的发生为什么通常被追溯到古埃及呢?因为那里是人类最早开始发明文字、最早用象形字的书写来配合图画雕刻传承信息(包括知识和谎言)的文明发源地!

---

① PING Z:《尼古拉的遗嘱》,文化艺术出版社2010年版,第32页。

关于托特的神话和尼古拉传说，虽然表面上看在时间上和空间上都有很大差异，似乎是风马牛不相及的，但是如果着眼于两种叙事的核心角色要素，就会有异中见同的发现：其核心形象都是"书写—记录—传承"之能力的媒介者！

文字的发明者托特也是凡人寄托超越死亡希望的神。由此可见"文字—书写—永生"的内在关联。文字和书写燃起人类永生不死的希望。《亡灵书》的作者托特成为诱导人类痴迷于追求永生的魁首。关于如何

希腊瓶画的神话场景

引导亡灵获得永生的知识和关于炼金的知识，其实质都是一样的，那就是宣称凡人具有不死的可能。如果从科学立场把这种奢望看成欺瞒和哄骗的原罪，那么托特和赫尔墨斯就是犯下原罪的罪魁了。他们用 13 句话写在祖母绿玉石板上的《翠玉录》就是欧洲人最早知道的炼金术秘传宝典。转化金属、制造仙丹灵药的知识，就这样从埃及流传至欧洲，《翠玉录》可以说是超出埃及本土而流传的《亡灵书》。

尼古拉于 1357 年按照天使托梦的启示所得到的那本书，无疑是数千年前《翠玉录》知识的真传！

抄写员，是尘世中最接近托特神那"手拿纸笔的形象"的俗人。正是这个身份使尼古拉得以直接领教神秘的炼金术秘籍而不受可怕的"诅咒"[①]。我们早已知道咒语的威力，像埃及法老图坦卡蒙之墓被考古学家打开后引发的神秘死亡，不就是流行的"法老的咒语"说给予解释的吗？作为书写员，主人公当然也最擅长描写各种各样的象征符号。和《达·芬奇密码》一样，《尼古拉的遗嘱》的叙事展开过程也就是不断地破译和解说这些神秘符号与象征的过程。如书的一开始，就在封面上布置符号哑谜：人们熟悉的基督上十字架符号被置换成蛇上十字架。书的最后的篇章出

---

① PING Z：《尼古拉的遗嘱》，文化艺术出版社 2010 年版，第 24 页。

罗马皇宫翼狮

自《解说尼古拉的符号》第九章,也是围绕神秘象征符号的解释——一头红色的狮子张开大口,要吞噬一个红衣男子。这段文字其实已经把炼金术的精神层面蕴含发挥出来,对于全书起着曲终奏雅的点题作用:

> 现在,狮子准备将男人带离悲惨的境地,从疾病和贫穷中将他带走,扇动翅膀飞起来,远离死亡和停滞的河流。从此,这人将不再留恋尘世的财富,他会到达永恒的天国,那里有永恒的希望之泉,他从此喝那泉水,日夜冥想生命的奥义。[①]

这些话,给每一个为了追逐财富和长生的功利目的而痴迷炼金术的俗人,提供了解惑和开悟的契机:炼金也许只是精神超升的一种象征而已。

我们可以确信:在流行口传文化的无文字社会里,炼金术这样的弥天大谎是绝不可能产生的。因此,在我看来,尼吉拉这位书写员给今人的最重要启示是:谎言重复千遍,才会成为真理。可是只要书写一遍,就会成为真理!

文明人过于迷信写下来的一切了。

要想对谎言具有免疫力,必须先从"文字"之骗和文明人的自大狂状态中觉醒。那种以为有了"文"就有了"明"的文明观,其实是自欺欺人的。

[①] PING Z:《尼古拉的遗嘱》,文化艺术出版社2010年版,第231页。

雅典图书馆

文字从产生的一开始就是一把双刃剑。文明人以能书写阅读为自豪，蔑视"文盲"和他们所代表的口耳传播信息的方式，忘记了无文字的好处。文字的自我异化使它充当了历史的瞒和骗之帮凶！文字可以非常荒唐地让人把莫须有的东西奉为神秘和神圣。鉴于文明人至今没有遇到基督那样的救星来赎托特神的原罪，我们不得不附和孟子的金言说：

尽信书，则不如无书。

尽信写，则不如不写！

附录三　汉画像"蹶张"的象征意义试解

汉画像中有力士向下开弓的人物造型，普遍的解释是"蹶张"主题。①典型的表现如南阳唐河辛店石墓汉画像、南阳县汉墓画像、许昌汉画像，以及山东孝堂山石室画像等。

《汉书·申屠嘉传》："申屠嘉，梁人也。以材官蹶张，从高帝击项籍。"颜师古注引如淳曰："材官之多力，能脚踏强弩张之，故曰蹶张。"《辞海》的解说似乎沿用颜师古的看法：古代的弩用手张的叫"擘张"，用脚踏的叫"蹶张"。材官即武官，能用脚踏的方式张开强弩，也许在当时是不多见的。但是，这个说法本身也留下了疑问：用脚踏的方式即"蹶张"法拉开的强弩，如画像上的主人公姿势所表示的，分明是向着地面垂直的。如果射出箭支，就只能射向大地了，似乎不会有实战的价值。汉墓中常见的这种"蹶张"主题造型，难道仅仅是突出力士的过人膂力吗？会不会有某种今人已不了解的意蕴呢？

---

① 闪修山、王儒林、李陈广：《南阳汉画像石》，河南美术出版社1989年版，第99页；李发林：《汉画考释和研究》，中国文联出版社2000年版，第171页。

南阳石桥汉画像蹶张 　　　　新野汉画像蹶张

丁惟汾《俚语证古》"涨縠"条云:涨縠,张縠也。阳具挺立谓之涨縠。涨字当作张。《孟子·告子》:"羿之教人射,必志于縠。"赵注:"縠,张也。"《说文》:"縠,张弩也。"①

既然这位细心的训诂家丁惟汾为我们找到了张弓与阳具挺立之间的双关关系,再回过头来审视汉画像中的"蹶张"母题,就不会胶柱鼓瑟地停留在其画面的表层意义上了。我们很容易地看出,画中人物刻画虽然较为粗疏,但是画师突出了人体的一个中央部位,那就是从人下体伸出的涨大挺立的男性生殖器,一直垂直向下方,延伸到脚下所踏的弓上。给人的感觉是,要发射的不是作为武器的箭,而是这位男子自己的特大阳具。

不知道为什么如此鲜明地加以表现的阳物母题,在我们以往的汉画像解说传统中却几乎视而不见。即使按照史书记载的蹶张故事来解释,阳物也不应被回避掉。因为

山东临沂汉画像熊人

---

① 丁惟芬:《俚语证古》,齐鲁书社1983年版,第54页。

这种表现法要比汉画本身的存在久远得多。如果不是孤立地看待汉画中的阳物与弓箭的象征对应母题,那么我们可以把它视为自史前游猎时代就已产生的一种源远流长的男性性力的表现传统,并非汉代画工的发明,也不是中国境内的想象专利。大凡史前神话思维盛行的地方,都会不约而同地产生此类联想。下面举出几个例图加以说明。

第一例,阿尔及利亚旧石器时代岩画:画面中央一男子手持大弓,朝着前方的动物作射箭状;而他的阳物却向下延伸为一条曲线,一直通向背后一位女子的阴部。射箭与射精之间的类比隐喻在画面上得到清晰的揭示。①

第二例,瑞典青铜时代的岩画:画面中众多人物或执弓,或执箭,或举斧、矛等可穿刺的武器。人物大都刻画出挺起的阳物。射与刺的动作与性行为互为隐喻。②

阿尔及利亚岩画:射箭隐喻

第三例,青海海西州天峻县江河乡卢山岩画:两人各执一弓对射,各自下身有挺起的阳物。两人之间的地面上似有三角形的女阴符号,两支箭

---

① 诺伊曼:《大母神:原型分析》,李以洪译,东方出版社1998年版,第112页图11。
② Thorkil Vanggard, Phallos, A Symbol and its History in the Male World, New York: International University Press, 1972, picture 10.

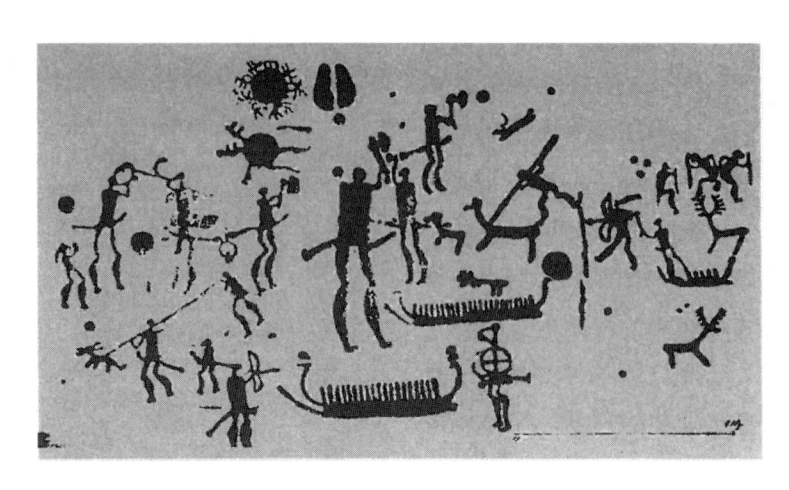

瑞典岩画：射与刺

状物垂直插入其中。①

第四例，内蒙阴山岩画：一个左手执大弓的男子，右手自然下垂，好像并没有箭可以从弓上射出。但是他的高举的阳具几乎和右臂一样长，正挺向左手所持的大弓，要充当箭的角色。②

第五例，内蒙阴山岩画：画面上方一位侧立的射手将上了弓的箭直接

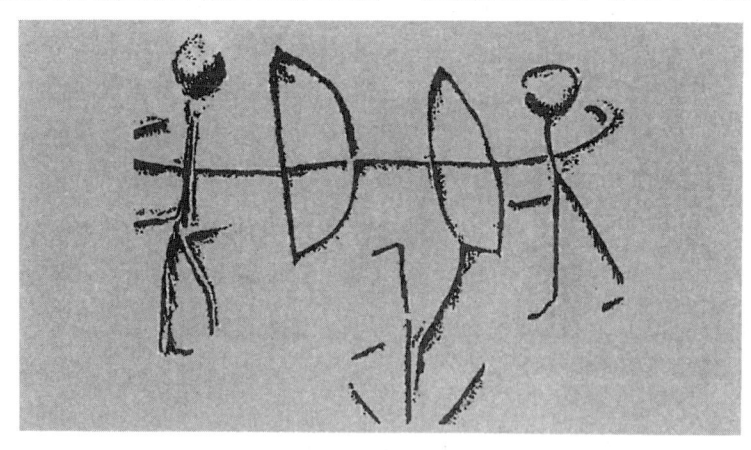

青海岩画：对射图

---

① 参见汤惠生、张文华：《青海岩画：史前艺术中二元对立思维及其观念的研究》，科学出版社2001年版，第33页图62。
② 盖山林：《阴山岩画》，文物出版社1986年版，第23页图49。

插向猎物的阴部;画面下方一位正面站立的男子,特大阳物下垂至地面。①

第六例,宁夏中卫县大麦地榆树沟岩画:两个男子张弓搭箭,箭头直指两只野羊后臀的阴部,男子下体突出勃起的阳具,和弓箭的朝向一致。②

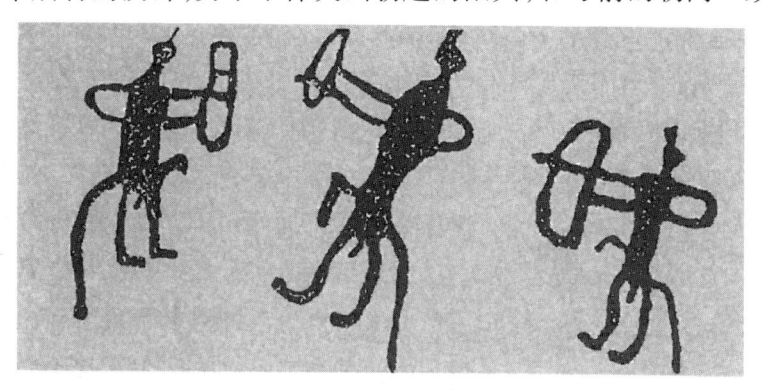

宁夏岩画:双关的射

第七例,哈萨克斯坦共和国额尔齐斯河流域岩画:三男子张弓引箭,有类似尾巴的装饰下垂拖地,三人均刻画出勃起的阳具,且绘出射出的精液形状。③

有学者把汉墓中常见的蹶张形象视为宗布神。如黄留春在《许昌汉砖石画像》中以为,"此像刻在墓里为宗布神"④。古书上也有羿死为宗布的说法。我们知道羿是上古神话中第一重要的男性英雄。关于羿之善射与好淫,拙著《英雄与太阳——中国上古史诗的原型重构》已经作了初步的象征学解释:这

哈萨克斯坦岩画:双关的射

位能射的大英雄和古希腊的宙斯一样,在射猎和猎艳两方面都出类拔萃。因为远古的神话思维早已把射当成了性行为的典型隐喻,在仪式活动和文

---

① 同上书,第43页图113。
② 参看苏北海:《新疆岩画》,新疆美术摄影出版社1994年版,第509页图11。
③ 参看苏北海:《新疆岩画》,新疆美术摄影出版社1994年版,第509页图12。
④ 黄留春:《许昌汉砖石画像》,河南美术出版社1994年版,第75页。

学叙事中,弓矢一类的器物以及使用弓矢的行为都可以充当男性性器或性交的象征符码。①

通过以上这些时空跨度很大的实例,我们对于向下延伸的阳物造型一定不陌生了。回过头来再看汉画像中的向下呈"射"击状的阳物,也许无论如何也不会视而不见了。《说文》用"女阴"来解释"地"字所从之"也",透露出非常古老的天父地母神话观念。古人对阴性的地母(社)的祭祀仪式包括让天上的阳性力(太阳)与之结合。礼书文献记载的新春高禖祭典上,有代表天上日神的"天子亲往"和"授以弓矢于高禖之前"②的规定条文。我们把这种象征性的仪式行为理解为"帝王代表天阳同地阴进行象征性的交媾的表现。按照陈梦家、闻一多等人意见,高禖即是社,也就是地母神,而古代的天子又向来是被看做人间小太阳神的"③。男性的力士开弓射箭的形象出现在地下的墓穴里,也许不宜只作为力气大的"蹶张"来看吧。

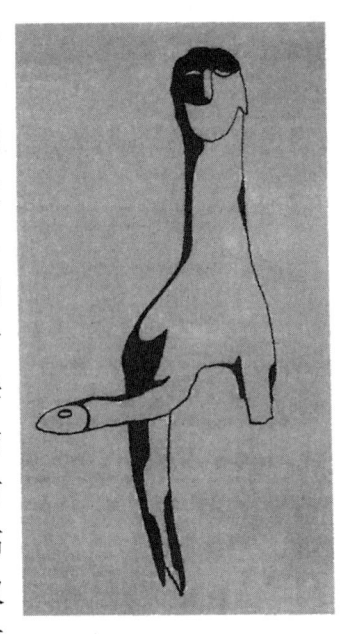

瑞典岩典的阳物神

如果从功能上解释,为什么在墓穴中要使用突出男性的阳性力量的人物符号呢?窃以为为的是用画面的法术力量去驱除下界的阴邪之气,保证阳性力量能够像生前一样旺盛,以促进死后世界的生命延续或灵魂升仙的过程。

---

① 叶舒宪:《英雄与太阳:中国上古史诗的原型重构》,上海社会科学院出版社1991年版,第104—105页。
② 《礼记·月令》"仲春之月"条。
③ 叶舒宪:《高唐神女与维纳斯:中西文化中的爱与美主题》,陕西人民出版社2004年版,第147—148页。

参考文献

英文部分

[1] Karl Mannheim, *Ideology and Utopia*, Translated by L. Wirth and E. Shils, New York: A Harvest Books, 1936.

[2] Adam Kuper, *The Invention of Primitive Society*, London: Routledge, 1988.

[3] Freda Rajotte, *First Nations Faith and Ecology*, London: Cassel, 1998.

[4] Joseph Campbell, Primitive man as Metaphysician, in Stanley Diamond ed., *Primitive Views of the Wrold*, New York: Columbia University Press, 1964.

[5] Levy-Bruhl, *Primitive Mythology*, St Lucia: University of Queensland Press, 1983.

[6] William Y. Adams, *The Philosophical Roots of Anthropology*, Stanford: CSLI Press, 1998.

[7] Paul Radin, *Primitive Man as Philosopher*, New York: Dover Publications, 1957.

[8] Jean-Francois Lyotard, *The Lyotard Reader*, edited by Andrew Benjamin, Cambridge: Basil Blackwell, 1989.

[9] Gustav Jahoda, *Images of Savages: Ancient Roots of Modern Prejudice in Western Culture*, London: Loutledge, 1999.

[10] Arthur O. Lovejoy and George Boas, *Primitivism and Related Ideas in Antiquity*, Baltimore: Johns Hopkins Press, 1935.

[11] Robert D. Denhhan, *Northrop Frye On Culture and Literature*, Chicago: The University of Chicago Press, 1978.

[12] B. Malinowski, *Sex, Culture and Myth*, edited by J. Middleton, New York: Harcourt, Brace & World, Inc., 1962.

[13] J. B. Vickery, *The Literary Impact of the Golden Bough*, Princeton University Press, 1973.

[14] S. E. Hyman, The Ritual View of Myth and Mythic, in J. B. Vickery ed., *Myth and Literature: Contemporary Theory and practice*, University of Nebraska Press, 1958.

[15] R. F. Hardin, Ritual in Recent Criticism: The Elusive Sense of Community, in R. A. Segal ed., *The Myth and Ritual Theory*, 1998.

[16] J. G. Frazer, *The Golden Bough*, London: Macmillan Publishing Company, 1947.

[17] E. M. Meletinsky, *The Poetics of Myth*, Translated by G. Lanoue & A. Sadetsky, New York and London: Garland Publishing, Inc., 1998.

[18] N. Frye, *Anatomy of Criticism: Four Essays*, Princeton University Press, 1957.

[19] J. L. Weston, *From Ritual to Romance*, Cambridge University Press, 1920.

[20] L. Feder, *Ancient Myth in Modern Poetry*, Princeton University Press, 1971.

[21] E. E. Evans-Pritchard, *A History of Anthropological Thought*, New York: Basic Book Publishers, Inc., 1981.

[22] C. L. Ross, D. H. lawrence's Use of Greek Tragedy: Euripides and Ritual, in *D. H. Lawrence Review* 10:1-19, 1977.

[23] R. Girard, Shakespeare's Theory of Mythology, *in Proceedings of the Comparative Literature Symposium* 11:107-124, 1980.

[24] M. Bodkin, Archetypal Patterns in Tragic Poetry, in D. Burrow, F. R. Lapides & J. T. Shawcross ed. , *Myths & Motifs in Literature*, New York: The Free Press, 1973.

[25] C. Jung, *Psychology and Religion*, Yale University Press, 1978.

[26] Marvin Harris, *Cultural Anthropology*, New York: Haper and Row, 1983.

[27] C. Larrinton ed. , *The Feminist Companion to Mythology*, London: Pandora Press, 1992.

[28] Lisa Tuttle, *Encyclopedia of Feminism*, New York: Facts On File Publications, 1986.

[29] Timothy Freke and Peter Gandy, *Jesus And the Goddess*, London: Thorsons, 2001.

[30] Mary R. Lefkowitz, *Women in Greek Myth*, Bristol Classical Press, 1995.

[31] Larry W. Hurtad ed. , *Goddesses in Religions and Modern Debate*, University of Manitoba, 1990.

[32] Bettina L. Knapp, *Women in Myth*, State University of New York Press, 1997.

[33] M. Gimbutas, *The Goddesses and Gods of Old Europe : 6500 – 3500BC*, Berkeley: University of California Press, 1982.

[34] M. Gimbutas, *The Civilization of the Goddesses*, San Francisco: Haper & Row, 1991.

[35] M. Gimbutas, *The Language of the Goddess*, San Francisco: Haper & Row, 1989.

[36] M. Gimbutas, *The Living Goddesses*, Berkeley: University of California Press, 1999.

[37] Joseph Campbell, Introduction to *Myth, Religion and Mother Right*, Princeton: Princeton University press, 1967.

[38] C. Eller, *The Myth of Matriarchal Prehistory*, Boston £ Beacon

Press, 2000.

[39] Timothy Gantz, *Early Greek Myth*, vol. 1, The John Hopkins University Press, 1993.

[40] Clyde W. Ford, *The Hero with a African Face: Mythic Wisdom of Traditional Africa*, Bantam Books, 1999.

[41] *Dictionary of the Occult*, Geddes & Grosset, 1997.

[42] Robert A. Segal, Jung's Psychologising of Religion, in Steven Sutcliffe and Marion Bowman eds., *Beyond New Age: Exploring Alternative Spivituality*, Edinburgh University Press, 2000.

[43] C. G. Jung, Psychological Aspects of the Mother Archetype, in *The Archetypes and the Collective Unconscious*, Routledge, 1968.

[44] Charlene Spretnak, *Lost Goddesses of Early Greece*, Boston: Beacon Press, 1984.

[45] Winifred Milius Lubell, *The Metamorphosis of Baubo: Myths of Woman's Sexual Energy*, Nashville & London: Vanderbilt University Press, 1994.

[46] David N. Keightley, At the Beginning: The Status of Women in Neolithic and Shang China, in *NAN NU: Men, Women and Gender In Early and Imperial China*, vol. 1, no. 1, March, 1999, pp. 1–57.

[47] Alan K. L. Chan, Goddesses in Chinese Religion, in *Goddesses in Religions and Modern Debate*, University of Manitoba, 1990.

[48] S. T. Hollis, L. Pershing & M. J. Young ed., *Feminist Theory and the Study of Folklore*, University of Illinois Press, 1993.

[49] N. J. Girardot, *Myth and Meaning in Early Taoism*, The University Press of California, 1983.

[50] Merlin Stone, *When God Was a Woman*, New York: Harcourt Brace Jovanovich, 1976.

[51] Helen Schungel – Strauman, On the Creation of Man and Woman in Genesis 1 – 3, in Athalya Brenner ed., *A Feminist Companion to Genesis*, Sheffideld Academic Press, 1993.

[52] L. Schottroff, The Creation Narrative, in Athalya Brenner ed., *A Feminist Companion to Genesis*, Sheffield Academic Press, 1993.

[53] T. H. Gaster, *Myth, Legend, and Custom in the Old Testament*, New York: Harper & Row, 1969.

[54] S. N. Kramer, *Sumerian Mythology*, Philadelphia, 1944.

[55] J. A. Phillips, *Eve: The History of an Idea*, San Francisco: Haper & Row, 1984.

[56] Lopez-Corvo, *God is a Woman*, Northvale, N.J.: Jason Aronson, 1997.

[57] Sandra Billington & Miranda Green ed., *The Concept of Goddess*, London; New York: Routledge, 1996.

[58] D. Wolkstein, *Inanna*, New York: Harper & Row, 1983.

[59] Lana Thompson, *The Wandering Womb*, Amherst: Prometheus Books, 1999.

[60] Simone Weil, *The Need for Roots*, London: Routledge, 2002.

[61] Eric Gould, *Mythical Intentions in Modern Literature*, Princeton University Press, 1981.

[62] Lawrence Grossberg ed., *Cultural Studies*, Routledge, 1992.

[63] J. Hart, *Northrop Frye: The Theoretical Imagination*, Routledge, 1994.

[64] E. A. Havelock, *The Muse Learns to Write*, Yale University Press, 1986.

[65] M. Herskovits, *Cultural Dynamics*, New York: Alfred A. Knopf, 1964.

[66] W. M. Lubell, *The Metamorphosis of Baubo: Myths of Woman's Sexual Energy*, Vanderbilt University Press, 1994.

[67] Jean Francois Lyotard, *Analyzing Speculative Discourse as Language-Game*, edited by Andrew Benjamin, Oxford: Basil Blackwell Ltd., 1989.

[68] Marc Manganaro, *Myth, Rhetoric, and the Voice of Authority*, Yale University Press, 1992.

[69] H. L. Moore, *The Changing Nature of anthropological Knowledge*,

Future of Anthropological Knowledge, London: Routledge, 1996.

[70] G. Palsson, *The Textual Life of Savants: Enthnography, Iceland, and the Linguistic Turn*, Harwood Academic Publishers, 1995.

[71] Allison James, Jenny Hockey & Andrew Dawson ed., *After Writing Culture*, Routledge, 1997.

[72] D. Tomas, *Transcultural Space and Transcultural Beings*, Westvies Press, 1996.

[73] Marianna Torgovnick£ *Primitive Passions*. New York: Alfred A. Knopf, 1997.

[74] H. F. Vermeulen ed., *Fidldwork and Footnotes*, London: Routledge, 1995.

[75] John B. Vickery, *Myth and Literature*, University of Nebraska Press, 1966.

[76] John B. Vickery, *The Literary Impact of the Golden Bough*, Princeton University Press, 1973.

[77] John B. Vickery, *Myths and Texts: Strategies of Incorporation and Displacement*, Louisiana State Universiy Press, 1983.

[78] K. K. Ruthven, *Myth*, Cambridge University Press, 1979.

中文部分

[1]曹顺庆.中外文学跨文化比较[M].北京:北京师范大学出版社,2000.

[2]朝戈金.口传史诗诗学:冉皮勒《江格尔》程式句法研究[M].南宁:广西人民出版社,2000.

[3]陈建宪.神祇与英雄:中国古代神话的母题[M].北京:生活·读书·新知三联书店,1994.

[4]陈勤建.文艺民俗学导论[M].上海:上海文艺出版社,1994.

[5]程金城.原型批判与重释[M].北京:东方出版社,1998.

[6]C.恩伯—M.恩伯.文化的变异[M].杜杉杉,译.沈阳:辽宁人民出版社,1988.

[7]方克强.文学人类学批评[M].上海:上海社会科学院出版社,1992.

[8]佛克马,蚁布思.文学研究与文化参与[M].俞国强译.北京:北京大学出版社,1996.

[9]诺斯洛普·弗莱.现代百年[M].盛宁,译.沈阳:辽宁教育出版社,1998.

[10]詹姆斯·乔治·弗雷泽.金枝巫术与宗教之研究[M].徐育新,汪培基,张泽石,译.北京:中国民间文艺出版社,1987.

[11]左喜真兴英.女人政治考[M]//左喜真兴英全集.东京:新泉社,1982.

[12]林道义.尊与巫女的神话学[M].东京:名著刊行会,1990.

[13]吉田敦彦.妖怪与美女的神话学[M].东京:名著刊行会,1989.

[14]吉田敦彦.绳文土偶的神话学[M].东京:名著刊行会,1986.

[15]吉田敦彦.日本人的女神信仰[M].东京:名著刊行会,1995.

[16]佐佐木宏.鸮灵与萨满[M].东京:东京大学出版会,1983.

[17]佐佐木宏.萨满教的人类学[M].东京:弘文堂,1984.

[18]藤野岩友.巫系文学论[M].东京:大学书房,1969.

[19]佐野大和.咒术世界的考古学:原始信仰与祭祀礼仪[M].续群书类丛完成会,1992.

[20]樱井德太郎.变身[M].东京:弘文堂,1974.

[21]御手洗胜.神仙传说与归墟传说[M]//东方学论集2号,1954年2月。

[22]铁井庆纪.中国神话的文化人类学的研究[M].池田末利编,东京:平河出版社,1990.

[23]小南一郎.西王母与七夕传说[M]//中国神话与故事.东京:岩波书店,1984.

[24]谷口介.褒姒传说的形成[M]//熊本短大论集.第37卷第3号,1987.

[25]关永中.神话与时间[M].台北:台湾书店,1997.

[26] H. Maspero. 书经中的神话[M]. 冯沅君,译. 北京:商务印书馆,1939.

[27] 葛兰言. 中国古代的跳舞与神秘故事[M]. 李璜译,中华书局,1933.

[28] 格拉耐. 中国古代的祭礼与歌谣[M]. 张铭远,译. 上海:上海文艺出版社,1989.

[29] 茅盾. 神话研究[M]. 天津:百花文艺出版社,1981.

[30] 徐旭生. 中国古史的传说时代[M]. 增订本. 北京:文物出版社,1985.

[31] 台湾汉学研究中心印行. 中国神话与传说学术研讨会论文集[M]. 台北,1996.

[32] 上山安敏. 神话与理性:19世纪末20世纪初欧洲的知识界[M]. 孙传钊,译. 上海:上海人民出版社,1992.

[33] 温德尔. 女性主义神学景观:那片流淌着奶和蜜的土地[M]. 刁文俊,译. 北京:生活·读书·新知三联书店,1995.

[34] 理安·艾斯勒. 圣杯与剑:我们的历史,我们的未来[M]. 程志民,译. 北京:社会科学文献出版社,1993.

[35] 袁珂. 山海经校注[M]. 上海:上海古籍出版社,1980.

[36] 袁珂,周明. 中国神话资料萃编[M]. 成都:四川省社科院出版社,1985.

[37] 霍克思. 求宓妃之所在[M]//丁正则,译. 楚辞资料海外编. 武汉:湖北人民出版社,1986.

[38] 徐华龙. 中国神话文化[M]. 沈阳:辽宁教育出版社,1993.

[39] 龚维英. 女神的失落[M]. 开封:河南大学出版社,1993.

[40] 富育光,王宏刚. 萨满教女神[M]. 沈阳:辽宁人民出版社,1995.

[41] 杨利慧. 女娲的神话与信仰[M]. 北京:中国社会科学出版社,1997.

[42] 过伟. 中国女神[M]. 南宁:广西教育出版社,2000.

[43] 王孝廉. 中国的神话世界[M]. 北京:作家出版社,1991.

[44]萧兵.楚辞与神话[M].南京:江苏古籍出版社,1986.

[45]萧兵.神话学引论[M].台北:文津出版社,2001.

[46]萧兵,叶舒宪.老子的文化解读:性与神话学之研究[M].武汉:湖北人民出版社,1994.

[47]浦忠成.台湾邹族神话研究[D].台北:台湾"中国文化大学",1994.

[48]叶舒宪.庄子的文化解析:前古典与后现代的视界融合[M].武汉:湖北人民出版社,1997.

[49]叶舒宪.神话-原型批评[M].西安:陕西师范大学出版社,1987.

[50]叶舒宪.结构主义神话学[M].西安:陕西师范大学出版社,1988.

[51]叶舒宪.英雄与太阳:中国上古史诗原型重构[M].上海:上海社科院出版社,1991.

[52]叶舒宪.中国神话哲学[M].北京:中国社会科学出版社,1992.

[53]叶舒宪,李继凯.太阳女神的沉浮:日本文学中的女性原型[M].西安:陕西人民出版社,2009.

[54]叶舒宪.高唐神女与维纳斯:中西文化中的爱与美主题[M].西安:陕西人民出版社,2004.

[55]叶舒宪.性别诗学[M].北京:社会科学文献出版社,1999.

[56]吕大吉,何耀华;于锦绣,杨淑荣.中国原始宗教资料集成:考古卷[M].北京:中国社会科学出版社,1996.

[57]孟慧英.活态神话:中国少数民族神话研究[M].天津:南开大学出版社,1990.

[58]白川静.中国神话[M].王孝廉,译.台北:长安出版社,1983.

[59]王孝廉.岭云关雪:民族神话学论集[M].北京:学苑出版社,2002.

[60]姚宝瑄.华夏神话史论[M].太原:北岳文艺出版社,1989.

[61]马昌仪编.中国神话学文论选萃[M].北京:中国广播电视出版社,1994.

[62]李福清.中国神话故事论集[M].台北:台湾学生书局,1991.

[63]李福清.神话与鬼话:台湾原住民神话故事比较研究[M].北京:社会科学文献出版社,2001.

[64]金荣权,胡安莲,杨德贵.中国古代神话稽考[M].北京:中国文联出版社,2000.

[65]尹荣方.神话求原[M].上海:上海古籍出版社,2003.

[66]叶舒宪,萧兵,郑在书.山海经的文化寻踪:"想象地理学"与东西文化碰触[M].武汉:湖北人民出版社,2004.

[67]利奥塔尔.后现代状态:关于知识的报告[M].车槿山,译.北京:生活·读书·新知三联书店,1997.

[68]高木敏雄.比较神话学[M].东京:博文馆,明治三十八年。

[69]华勒斯坦,儒玛,凯勒,等.开放社会科学:重建社会科学报告书[M].刘锋,译.北京:生活·读书·新知三联书店,1997.

[70]胡志毅.神话与仪式:戏剧的原型阐释[M].上海:学林出版社,2001.

[71]C.G.荣格.探索心灵奥秘的现代人[M].黄奇铭,译.北京:社会科学文献出献社,1987.

[72]阿兰·邓迪斯.西方神话学论文选[M].朝戈金,尹伊,金泽,等,译.上海:上海文艺出版社,1994.

[73]大林太良.神话学入门[M].林相泰,贾福水,译.北京:中国民间文艺出版社,1989.

[74]麦克斯·缪勒.比较神话学[M].金泽,译.上海:上海文艺出版社,1989.

[75]恩斯特·卡西尔.神话思维[M].黄龙保,周振选,译.北京:中国社会科学出版社,1992.

[76]闻一多.神话与诗[M].北京:中华书局,1956.

[77]吕微.神话何为:神圣叙事的传承与阐释[M].北京:社会科学文献出版社,2001.

[78]贺学君,樱井龙彦.中日学者中国神话研究论著目录总汇[M].名古屋:名古屋大学国际开发研究科,1999.

[79]康拉德·洛伦茨.文明人类的八大罪孽[M].徐筱春,译.合肥:安徽文艺出版社,2000.

[80]霍布斯包姆:野蛮状态:一个用户指南[M]//史学家:历史神话的终结者.马俊亚,郭英剑,译.上海:上海人民出版社,2002.

[81]维柯:新科学[M].朱光潜,译.北京:人民文学出版社,1987.

[82]恩格斯.家庭、私有制和国家的起源[M]//马克思恩格斯选集.第四卷.北京:人民出版社,1972.

[83]马尔库斯,费彻尔.作为文化批评的人类学:一个人文学科的实验时代[M].王铭铭,译.北京:生活·读书·新知三联书店,1998.